# CUENTOS DE TERROR PARA UNA NOCHE DE HALLOWEEN

Andrés F. Castaño

©2022

## PRÓLOGO

El miedo, esa sensación que hace que se ericen los pelos y que nuestro cuerpo se estremezca, por la incertidumbre que nos confronta lo desconocido, es una de las más esenciales para sobrevivir. Está grabado en la corteza cerebral y en la vasta espiral de la información genética celular. Sin miedo, quizá la raza humana no habría logrado imponerse ante las demás y convertirse en la especie dominante sobre el planeta Tierra. El miedo es algo que nos impulsa a seguir avanzando.

Cada año, al final del mes de octubre, legiones de criaturas salidas de las pesadillas más espantosas: monstruos, vampiros, hombres lobo, fantasmas, brujas, zombies, asesinos seriales cubiertos por máscaras y un sinnúmero de engendros de la más variada fantasía, se toman las calles de las ciudades del mundo con un solo objetivo: conjurar el miedo por medio de los dulces.

Los niños suelen pedir con amenazante diplomacia, a sus vecinos, que le regalen dulces al ritmo del estribillo tan conocido en Colombia: «triqui, triqui, Halloween, quiero dulces para mí... y si no me dan, se le crece la nariz». Algo parecido: existen variaciones más o menos similares, de acuerdo a la cultura y la región.

Este libro pretende ser una especie de sucedáneo o de acompañamiento para leer en voz alta durante la noche de Halloween. Su origen inicial, se relaciona como en la gran mayoría de libros, a dos razones: el azar o la necesidad. Para poder vivir hay que escribir; para poder escribir hay que vivir.

Espero que el lector disfrute tanto este libro como los dulces de la noche de Halloween.

El autor

## La reliquia china embrujada

Para contar la historia que sigue, voy a usar un nombre. O mejor un sobrenombre, El Profe. Soy profesor de antropología en una prestigiosa universidad de Bogotá, Colombia. Desde niño, estoy fascinado por los objetos bizarros y extraños. Por mi trabajo, tengo que hacer viajes regularmente. Más o menos dos por mes, a otros países. Lo primero que hago, cuando llego, es salir a buscar un objeto que me cuente una historia secreta. Hace poco, estuve en una gira académica, básicamente para presentar mis ponencias en universidades asiáticas del Lejano Oriente. Durante mi viaje a China, pude conocer diferentes lugares fascinantes. En un viejo almacén de Dashilan, una de las calles de Pekín, conocida por sus antigüedades, que está situada tras la gran plaza de Tiananmén.

Una vieja tienda llamó mi atención. Desde la vitrina pude ver que sus estanterías exhibían extraños objetos como jarrones antiguos, libros, manuscritos, fotografías, espadas, trajes, accesorios, etc. Siempre en los mercados de viejo se hallan verdaderas joyas de valor invaluable. Sin embargo, hoy, con el creciente mercado de los objetos antiguos por Internet, es cada vez más difícil. La última vez que intenté comprar algo, el vendedor estaba en Tokio. Hicimos la negociación de una katana del siglo XV, avaluada en cerca de casi un millón de dólares. Pero el costo de los embalajes y envíos, lo hacía elevarse, así que el mercado de compra y venta no resultaba rentable a través de Internet y decidí hacerlo in situ.

Llegué a Pekín, la antigua capital de los emperadores chinos. Hay una leyenda según la cual, el primer emperador, Quin Shi Huang, se hizo enterrar con sus soldados, haciendo una escultura de tamaño natural para cada uno de ellos. Algo así como una lápida personalizada para cada guerrero, que lo acompañaría en su vida ultraterrena. Sobre su tumba, cerrada durante miles de años, hay un lago de mercurio que envenena a cualquiera que se atreva a profanarla. El gobierno chino ha respetado la última voluntad del emperador, tomando ventaja de su emplazamiento, convirtiéndolo en un destino turístico.

Existe una larga tradición de culto a los muertos en China. Se les rinde culto luego de su muerte, a través de las generaciones siguientes por medio de ofrendas. En un viaje de varias horas desde la capital china, llegué a un pequeño pueblo, donde una familia de artesanos se dedicaba a hacer muñecos conmemorativos en madera y tela. Era una oportunidad perfecta para conseguir un objeto extraño en un país tan fascinante y grande como China.

Llevé conmigo a un intérprete. Yo hacía las preguntas en inglés y él las traducía. Mientras curioseaba la galería de muñecos, encontré uno que me parecía fascinante. Una especie de mandarín, ataviado con los trajes de la corte Tang.

Pregunté cuánto valía. El artesano movió su cabeza negando con vehemencia. Era evidente que no sería fácil poder quedarme con aquella joya. Insistí, diciéndole al traductor que le ofrecía doscientos dólares en efectivo por el muñeco. Siguió negándose a venderlo. Subí mi oferta en cincuenta dólares más, pero permaneció inflexible. No podía permitirme irme de allí sin ese objeto. Subí otros cincuenta dólares. Nada. Al alcanzar los quinientos, el rostro adusto del artesano, cambió, esbozando una sonrisa socarrona. Al parecer, aquel objeto no tenía todo el valor que quería hacerme creer. Dijo que lo pensaría si ofrecía un poco más.

Le ofrecí quinientos. Ni un dólar más. El hombre aceptó a regañadientes. Embaló el muñeco en una caja con una leyenda en chino. Le pregunté a mi traductor por su significado, pero se negó a decirme qué significaba. Cuando estuvo listo para llevármelo. Le pedí a mi ayudante que por favor me dijera qué significaban esos signos, pero se negó de forma rotunda.

—No, por favor, profesor, lo siento —se excusó haciendo una venia—. Le pido que me perdone, pero las tradiciones de mis ancestros, me lo impiden.

—¿Maldición? Pues no creo en esas cosas: son tradiciones populares, manifestaciones de la cultura de cada pueblo —le contesté—. Aunque lo respeto, no lo comparto.

Mi guía me acompañó hasta la estación de autobuses para dirigirme a mi próximo destino. Se despidió y nunca más lo volví a ver. Es como si yo estuviera maldito, pues nunca más respondió mis mensajes ni mis llamadas. Opté por buscar a otro intérprete, pero me fue imposible. Al entrevistarme con el próximo candidato, todos, salían despavoridos del hotel al ver la caja y lo que estaba inscrito en ella en chino. Descargué una aplicación para traducir inmediatamente, pero por alguna extraña razón nunca funcionó.

Así que me las tuve que arreglar con mi inglés. Intenté viajar a otros pueblos al interior de China, pero cada vez que iba a comprar el tiquete, algo sucedía: se caía la conexión, o fallaba el cajero automático o simplemente, por una rara situación, algo parecía impedírmelo.

Mi sueño también se vio alterado. Dormía cada vez menos tiempo y me levantaba cansado. Durante las noches siguientes a la compra del muñeco, tuve un sueño repetitivo, mejor decirlo, una pesadilla larga y espantosa.

Estaba en un palacio rodeado por sirvientes y eunucos. Tenía un vestido de seda rojo y cuando me miraba en los espejos del palacio, veía el rostro del muñeco que había comprado, pero que en el sueño era yo mismo. Lo sabía. Era uno de los secretarios del emperador. Todos mostraban respeto hacia mí, pero el centro de atención era el gran Hijo del Cielo, como todos se referían al emperador.

Fui llamado a presentarme ante él. Debía inclinarme y nunca mirarlo a los ojos directamente. Estaba discutiendo algo con el consejo de sabios cuando yo entré. Entonces hizo que salieran todos, excepto su esposa y el jefe de guardia. Ordenó que me ejecutaran. Le pregunté cuál era la razón. «Has enviado una nota al emisario del reino enemigo —dijo—; sin decírmelo, tomaste la decisión de negociar. Sabes bien que no quiero hacer la paz con mi enemigo, pero parece que tú sí; entonces, desde ese momento, te has convertido en mi enemigo. Te mereces la muerte. Mañana al amanecer en la plaza central del palacio, serás decapitado por el jefe de la guardia imperial. Piensa cuáles serán tus últimas palabras porque serán las que leerán quienes pisen tu tumba, que estará bajo los pies de los esclavos y eunucos del palacio», dijo el emperador e hizo la señal de que abandonara su vista.

Despertaba siempre en el momento preciso en que decía las últimas palabras y cuando sentía el filo de la espada en mi nuca.

Seguí buscando a alguien que me explicara qué decía en aquella caja. Estaba empezando a perder mi paciencia, y casi, mi cordura. Opté por acudir al consulado de mi país en Pekín. Me atendió amablemente la secretaria y luego, al fin, pude darme la mano con el diplomático. Preguntó qué estaba haciendo allí, a miles de quilómetros de nuestro país. Le respondí que estaba buscando objetos extraños y antiguos. Le pareció muy interesante mi profesión. También me sugirió la idea de escribir un libro, a lo que respondí que justamente estaba pensando en ello. Sirvió un par de tragos de whisky y brindamos. Se excusó porque tenía mucho trabajo, con la pandemia y cientos de solicitudes que le llegaban a su despacho para pedir ayuda con viajes humanitarios. «Resulta muy complejo llegar hasta aquí para luego retornar, así como así, de un día para otro», se justificó.

Cuando pasamos al tema que me llevaba hasta allí, su rostro cambió. La sonrisa desapareció. Le expliqué cómo había dado con aquel muñeco en un remoto pueblo de China; también, que sistemáticamente se negaban todos los intérpretes a traducirle literalmente lo que estaba escrito en la caja. El cónsul se levantó y sirvió un largo trago que bebió casi de un sorbo.

—Es algo que usted quizá no entendería, a pesar de ser un hombre erudito —puntualizó el cónsul—. Pero seré lo más conciso posible. Verá, este objeto que usted adquirió tiene varios siglos de antigüedad. El artesano al que usted insistió tanto para que se lo vendiera, tenía sus razones para no hacerlo, pero ante su insistencia, la diplomacia comercial china es mucho más sutil. Nos llevan milenios de ventaja en esa rama de la política.

Le manifesté que me parecía algo tan simple, que resultaba ridículo tanto rodeo para decirme qué era lo que rezaba en esa inscripción. El cónsul bajó la voz a un susurro, y me dijo que me acercara un poco.

—Eso que está inscrito allí, es nada más ni nada menos, que la maldición de un emperador.

Me reí agregando que se trataba de un simple muñeco. Un objeto simple y llanamente.

—Para los chinos es mucho más que eso. El espíritu, las cosas buenas y las malas, permanecen en la representación que se hace de una persona. Y ese muñeco, simplemente como dice usted, profesor, está maldito —agregó el cónsul—. Yo de usted intentaría deshacerme de él lo más pronto posible y devolverme a nuestro país. Se lo digo por su bien.

Pregunté qué era lo que decía exactamente en la caja.

—Quiere decir, más o menos: "Maldito aquel que posea esta imagen del traidor al emperador; maldita la estirpe de quien lo toque o lo mire. Por toda la eternidad". Mi dominio del chino mandarín, no es muy bueno.

Dicho esto, se levantó y me invitó a abandonar el despacho. Me advirtió que me tomara en serio el poder que tenían las maldiciones en China. Cuando pensé en tirar a la basura quinientos dólares, me pareció que el cónsul había perdido el sentido de la realidad. Decidí comprar un vuelo hacia Japón e intentar venderlo durante el tiempo que me restaba en China; o en las páginas especializadas en Internet.

De manera providencial me contactó un traficante de arte francés que se encontraba en Pekín. Viajaría al día siguiente a Turquía y luego, para París. Nos reunimos en un restaurante que vendía comida tradicional cantonesa. Cuando saqué el muñeco, las personas que estaban comiendo tranquilamente allí, salieron despavoridas.

El traficante de arte me preguntó cuánto valía. Le dije que necesitaba el dinero; que me diera trescientos dólares. Puso sobre la mesa doscientos y me dijo que lo compraría. Acepté. Salí con el dinero y cuando me disponía a tomar un taxi para el hotel, el hombre salió corriendo detrás de mí. «Tome, lléveselo, no quiero tenerlo. Quédese con el dinero». Cuando estábamos llegando a la esquina para doblar, el taxista miró hacia atrás y al ver lo que estaba escrito en la caja, giró y chocó contra otro automóvil.

Luego de tres semanas en el hospital, recuperándome de mis fracturas, traté de deshacerme del muñeco dejándolo en el baño de un avión. Por poco ocurre una tragedia, al incendiarse uno de sus motores, minutos antes del despegue. No quiero saber nada de aquella maldita reliquia.

## La historia de la monja fantasma

Era una tarde lluviosa de abril. Me encontraba desde hace varios minutos intentando tomar un taxi, pero el tráfico estaba muy complicado aquel día. A pesar de buscar en las aplicaciones de transporte un automóvil, fue inútil. De pronto, como si fuera algo providencial, se detuvo un coche de un modelo antiguo. Me acerqué y pregunté si me podía llevar a la dirección a la que necesitaba ir. Asintió y me dijo que subiera. Aunque me pareció extraño, no le di más vueltas al asunto. Empezamos a tener la típica conversación que se tiene con todos los conductores: el clima y el resto de asuntos mundanos que consumen el tiempo. A medida que intentábamos movernos entre el tráfico colapsado de una gran ciudad de América Latina, la conversación fue dando pie a otros asuntos. La noche empezaba a caer sobre nosotros. El conductor se llevó la mano a la cabeza y se acomodó el pelo, de manera nerviosa.

—¿Está preocupado? —le pregunté.

El conductor tomó aire y suspiró, mientras la lluvia volvía a tomar cada vez más fuerza y convertirse en un verdadero diluvio.

—Verá —me respondió—: es una larga historia.

—Con esta forma de llover —contesté—, no hay muchos lugares a dónde ir. Tengo tiempo: puede desahogarse conmigo, tranquilo.

Mientras nos movíamos con una lentitud desesperada y la música launch sonaba por los parlantes del automóvil, el conductor comentó:

—Luego de que oscurece, yo siempre guardo mi automóvil y no trabajo más.

Eso me pareció extraño. Argumenté que en la noche había mucho más trabajo que en el día y muchos conductores y taxistas decidían salir a ganarse unos pesos de más.

—Yo ya prefiero no hacerlo, al menos… —titubeó.

Sospeché que había un gran secreto que lo llenaba de vergüenza. Esa era la razón por la que no quería contarme qué había pasado. La curiosidad estaba carcomiéndome. Entonces empecé por decirle que yo era un hombre soltero, pero que me gustaban las mujeres, para intentar tantear el terreno, pues consideré que tenía que ver con algo sexual.

El conductor soltó una carcajada. Luego me dijo que no tenía nada qué ver con eso, que él era un hombre casado y con hijos. Era algo que tenía que ver más con un asunto que, para los oídos ajenos, lo hacía ver como un loco.

—No me importa —repliqué—. Soy psicólogo clínico. Escucho todos los días relatos de cualquier tipo, por lo que puede estar tranquilo. Adelante, quiero escuchar.

—Muy bien, muy bien —respondió el conductor.

—Una un viernes con noche de luna llena. Salí a trabajar como siempre. Estaba animado, porque se acercaba el cumpleaños de una de mis hijas y quería darle una sorpresa con una cena en un restaurante exclusivo de la ciudad. Así que decidí trabajar esa semana para poder ahorrar dinero. La jornada empezó muy bien, pues en cada destino recogía a un nuevo pasajero. Entonces cerca de las nueve de la noche, ya tenía casi el doble de lo que hacía en un día corriente. Hice una parada para tomar un refresco y un tentempié para seguir con el trabajo. Me dirigí al norte de la ciudad, porque allí en los fines de semana, muchas personas, sobre todo jóvenes ejecutivos, suelen salir de fiesta. Así que tomé la calle de la circunvalación hacia el norte, donde se encontraban muchos bares y restaurantes. Abordaron el automóvil un par de parejas a las que dejé con un par de quilómetros de distancia. No podían ir mejor las cosas, pensé.

»—Tomé la decisión de trabajar hasta las doce de la noche, para luego irme a descansar. Así que retorné. Por la circunvalación y justo cuando giré para tomar la calle principal hacia el centro histórico, pude ver a una monja de pie a un costado de la vía. Me detuve y bajé la ventanilla para preguntarle si necesitaba que la llevara a alguna parte. Respondió con un escueto, "sí, joven". La invité a que abordara el automóvil y le pregunté a donde quería que la llevara.

—Al convento de las hermanas clarisas que está cerca el Parque Capital —respondió.

Así que tomé la vía principal y le pregunté qué hacía por allí, a esas horas y totalmente sola. Miré su rostro blanco que permanecía fijo en el espejo retrovisor, mirándome fijamente a su vez. Respondió que había fallecido otra hermana, por lo que se dirigía a su servicio fúnebre. Le dije que lo sentía mucho y procedí a apagar la radio en señal de respeto. Aunque intenté conversar con ella, la monja permaneció en silencio absoluto. Parecía molesta o triste. Supuse que eran ambas cosas, por lo que decidí hacer lo que mejor sabía que era conducir.

»—Una vez que llegamos al convento, la monja se apeó del automóvil y me dijo que me pagaría la carrera en minutos, pues no llevaba consigo dinero. Le dije que no se preocupara, que yo la esperaría ahí mismo. Encendí el radio para hacer la espera menos larga. Miré la hora: en diez minutos serían las doce de la noche. El tiempo se ha ido volando, reflexioné, pero ha sido una muy buena noche. A mi hija le encantará ir a ese restaurante a celebrar su cumpleaños, me dije.

Cuando el reloj dio las doce, me empecé a sentir intrigado por la hermana. ¿Le habrá pasado algo?, pensé y me apeé del automóvil. Me dirigí a la puerta del convento. Llamé varias veces, pero nadie abría. Finalmente, apareció un sereno en la esquina y preguntó qué pasaba. "Esa es propiedad privada, señor.

¿En qué le puedo ayudar?", preguntó. Le expliqué que había traído a una hermana. El sereno mostró sorpresa. Dijo que no había nadie en el convento y que todas las monjas habían acudido a la casa funeraria cercana a la velación de su compañera.

»—Volví a subir al automóvil y revisé en el puesto de atrás. Encontré un documento de identidad: HERMANA PETRONILA RODRIGUEZ. Decidí guardarlo y acercarme al otro día, temprano al convento. Estaba muy cansado. Así que me fui a mi casa a dormir. Al día siguiente me levanté y durante el desayuno le conté a mi esposa lo sucedido la noche anterior. Ella no prestó atención a mi relato. Me dirigí al convento nuevamente. Llamé a la puerta y esta vez sí abrió una hermana. Era una mujer madura. Me preguntó qué necesitaba. Le expliqué lo sucedido y mostró perplejidad. Me pidió un momento. Cerró la pequeña puerta por la que se comunicaba con el mundo exterior y salió.

»—"Venga conmigo, por favor, señor", me dijo la monja. Pregunté para dónde me llevaba y me dijo que no se preocupara, eran dos cuadras solamente lo que teníamos que caminar. Me ofrecí a llevarla en el automóvil, pero no me escuchó. Yo caminé detrás de ella insistiéndole en que había dejado su documento en el puesto de atrás de mi automóvil. La monja parecía hacer oídos sordos a mis palabras. Ya estaba empezando a molestarme, cuando llegamos al lugar. Subimos por las escaleras y cruzamos un pasillo. Al final, estaba el túmulo funerario con cuatro velas alrededor y la comunidad de monjas, sentada, rezando por el alma de su hermana.

»—Me quedé en el umbral de la sala. Le pregunté a la monja por qué me había llevado hasta allí, aduciendo que tenía que irme de inmediato a trabajar y que no tenía tiempo para perder. También le pregunté quién pagaría la carrera que la monja no me había pagado. Ella me invitó a que me acercara al ataúd. Yo me molesté, pero ella insistió. Entonces fue cuando, al avanzar y acercarme a la ventanilla, la vi. Estaba allí. Era la misma monja de la noche anterior. Mi estómago se revolvió y mi mente cayó en el vacío de la sinrazón.

«No puede ser. No puede ser», dije.

«¿Es ella?», preguntó la superiora.

—Asentí casi a punto de desmayarme. Me preguntó cuánto era el costo de la carrera y yo le dije que se olvidara de aquello. Ella puso en mis manos los billetes, pero yo solamente quería salir corriendo de allí.»

—Es algo que resulta increíble —le dije al conductor.

—Yo tampoco me lo podía creer —respondió—. Pero tuve que ir a varias terapias psicológicas para poder continuar haciendo mi trabajo. No todos los compañeros tienen la misma suerte que yo. Ahora que volví a conducir, evito pasar por ese lugar y siempre que lo hago, acelero y miro por el espejo retrovisor. Un compañero que pasó por ese mismo sitio, no corrió con tanta suerte como yo. Miró por el espejo y la pudo ver allí sentada mirándolo con esos ojos grises intensos que ya no voy a olvidar nunca en la vida. ¿Sabe qué le pasó? Pues resulta que, del pavor, perdió el control del automóvil y sufrió un terrible accidente que lo dejó postrado en una silla de ruedas y sin en uso de la razón. Ahora está en un asilo donde vive sus días hablando de la monja como un loco. Es triste. Además, es aterrador.

—¿Y cuántos conductores la han visto? Puede ser una psicosis colectiva —dije.

—Han sido varios, en la noche nadie se atreve a pasar por allí. Y los que lo hacen, sufren accidentes por causa del pavor o tienen un infarto cardiaco; si tienen suerte, pierden la razón.

La noche había caído sobre la ciudad. El tráfico estaba muy difícil. La única manera para poder llegar a mi destino, era pasar por el lugar donde la monja se aparecía cada noche a los conductores. Entonces, me dijo que él no lo haría. Se detuvo y yo me bajé del automóvil. La luna estaba envuelta entre nubes que daban la impresión de amortajarla con sus hilos amarillos. A medida que me acercaba a la intersección, donde se aparecía la monja, sentí como subía un frío por mi espalda. ¿Me dejaría llevar por mis temores irracionales? No podía dejar que mi mente me jugara esa mala pasada. Caminé hasta el lugar y no vi a nadie. Los automóviles que pasaban por allí, lo hacían a alta velocidad. Hice la parada a varios taxis, hasta que uno se detuvo.

—Buenas noches —saludó.

Le pedí que me llevara a mi destino. El taxista, que llevaba la música a alto volumen, me dijo que no había problema. Abrió la puerta y me senté en la silla trasera del taxi. Entonces, súbitamente, apagó la música. Se disculpó. Me extrañó que lo hiciera y le pregunté la razón. Entonces se persignó y con un gesto serio, dijo:

—Tengo mucho respeto por las cosas de Dios, hermana. Una de mis tías también fue monja.

Pensé que estaba loco.

—De qué habla, si me acaba de recoger a mí solo —le respondí.

El taxista giró la dirección del automóvil y se chocó contra una señal de tránsito, al subirse al andén.

—En nombre de Dios: bájense de mi automóvil, no me deben nada —gritó el taxista retrocediendo en reversa y luego arrancó el automóvil a toda velocidad.

Nunca más volví a cruzar por ese lugar.

## Duendes en el rancho

En cercanías a Guadalajara, Jalisco, mis abuelos nos heredaron un rancho grande, destinado sobre todo a la cría de caballos. Es uno de los destinos favoritos que elijo para tomar unos días de asueto, antes de retomar mi trabajo en el Distrito Federal, donde represento a una firma de abogados. Cuando viajo siempre lo hago con mi familia: mis dos hijas pequeñas, Guadalupe, de tres, y Lucía, de siete años, junto a mi esposa, Lina. Si no hubiera elegido ser abogado, habría sido un ranchero, pasando mi vida junto a los caballos y gozando del aire salubre del campo. Allá el cielo es más azul, las montañas tienen más verdor y el agua es más pura.

Solemos viajar siempre en automóvil. Salimos temprano en la mañana del DF y viajamos cerca de seis horas de distancia hasta el rancho El Destino, de Guadalajara. Mi abuelo lo compró por los tiempos de la Guerra Cristera, a buen precio. Tenía un dinero que quería invertir en una propiedad de campo. Así que le ofrecieron los linderos de una antigua casona colonial, que databa de los tiempos de José Antonio "El Amo" Torres, quien cedió los derechos de tenencia de la tierra a los antiguos propietarios.

Mi abuelo decidió convertir aquel lugar en una huerta y destinarla a las caballerías. Estos eran tiempos recios, por lo que, consumidos por la envidia, algunos lugareños quisieron quitarle su propiedad, pero él siempre fue valiente y no tenía temor. Se armó y advirtió que combatiría hasta dejar su vida en la defensa de su rancho. Decidió bautizarlo El Destino, porque le parecía que era sonoro y tenía sentido: era lo que quería legar a las generaciones venideras de su familia.

Juan, el administrador del rancho, ha estado siempre junto a mi familia, por lo que es como si fuera otro más. Desde que mi abuelo acogió a su padre, Juan ha vivido en el rancho con la que fue su mujer, Domicia y sus hijos. Ahora, es su hijo Salvador, quien se encarga de mantener todo en orden, tal como lo quiso mi abuelo y mi padre, almas benditas que descansan en la paz del Señor.

—Desde los tiempos de los antiguos tapatíos —nos dice Salvador mientras tomamos una cerveza abrasados por el calor del mediodía— estos terrenos se asociaban a sacrificios rituales y a religiones animistas que rendían culto a los elementales. Mi padre y mi santa madre, que en paz descanse, me decían que no jugara los días de Semana Santa, porque los elementales, los duendes, podían hacer que me perdiera y llevarme hasta el pozo. Allí habían muerto varios niños en los tiempos de don Miguel Hidalgo y "El Amo" Torres. En las noches de luna llena se escucha aullar a los lobos y al otro día amanecen los caballos con trenzas en la crin y la cola. Esos son los duendes. También se habló durante un tiempo del Chupacabras, porque varios hacendados contaron que sus reses aparecían muertas por ahí, como si las hubieran abierto en canal.

Mis dos hijas son niñas muy activas y les gusta mucho el juego. Lupe y Lucía juegan con la hija de Salvador, Teresa, a la que llaman sus padres cariñosamente "La Tere". Un par de días después de llegar al rancho, Lupe y

Lucía parecían extrañamente apáticas a jugar y se encerraron en el cuarto. Cuando les pregunté por qué no jugaban más con "La Tere", Lupe se puso a llorar y dijo que tenía miedo.

—Pero, ¿de qué puedes tener miedo, hija, si estás aquí conmigo y con tu mamá?

Lucía, salió al paso a su hermana y me dijo:

—"La Tere" nos dice que a los duendes no les gustan los niños muy traviesos, porque así fue como se llevaron al hijo de don Diego y lo ahogaron en el pozo —dijo Lucía, mientras señalaba hacia la montaña.

—Mijas, ustedes no deben creer en todo lo que se dice aquí —contesté sin poder evitar burlarme de aquellas historias—. Las gentes del campo suelen inventarse historias, porque las inventa mientras se ocupan en el trabajo duro del campo.

—Papá, no te rías que es de verdad, "La Tere" no dice mentiras; sus papás la castigan si miente —replicó Guadalupe.

Le pregunté a Lina, mi esposa, si pensaba que era malo que las niñas escucharan estas historias que se cuentan en los ranchos mexicanos. Dijo que quizá las costumbres de vivir en la ciudad eran incompatibles con lo que las niñas conocían. Era totalmente comprensible. Aunque ahora hay teléfonos con Internet, las historias que se cuentan en el campo sobre nahuales, duendes, chupacabras y brujas, suelen excitar la mente de los niños y hacer que vean cosas o se obsesionen con las historias que los mayores les cuentan de generación en generación. Así que decidí olvidarme de esas cosas y le dije a Lina que fuéramos a comer a Guadalajara al otro día.

Durante el desayuno, las niñas parecían más nerviosas que el día anterior.

—Papá, ¿verdad que los duendes no existen? —me preguntó angustiada Lupe.

—Por supuesto que no existen —respondí mirándola mientras ponía miel de maple en las tostadas—. Yo no he visto el primero —dije en voz alta—: a ver, si hay aquí algún duende que se presente ahora mismo —bromeé.

—No te burles, papá —me recriminó Lucía—. Eso es un asunto muy serio.

De pronto, Salvador apareció en el umbral de la sala. Nos saludó y preguntó si saldríamos. Le respondí que iríamos a Guadalajara a almorzar y a dar una vuelta y en la tarde volveríamos. Me extrañó que nos lo preguntara; Salvador siempre se ha caracterizado, como su familia, de ser muy respetuosa con nuestra privacidad.

—No es por nada, señor —se disculpó. No quiero que piense que me estoy metiendo en su vida privada, lo digo es porque hay policía en la salida a la capital: esta mañana amaneció ahogado en el pozo el hijo de don Serafín, el del rancho vecino.

Mis hijas se pusieron a llorar. Le dije a Salvador que tuviera un poco de tacto. Además "La Tere", las había puesto muy nerviosas con esos cuentos de viejas, por lo que le pedí que la controlara, pues era evidente que Lupe y Lucía estaban siendo influenciadas por lo que ella les decía.

Decidimos cancelar el viaje a Guadalajara y aplazarlo para un par de días después. Luego de la cena nos quedamos con Lina junto a Salvador y su esposa, Graciela, hablando de historias de fantasmas y brujas.

—Existe una gran tradición de este tipo de cosas en Jalisco, patrón —dijo Salvador—. Así que lo que hay que hacer es que los niños no se crean todo.

Le di la razón a Salvador por lo que me decía. Tenía más autoridad por haber criado a sus hijas en aquella zona, donde estas historias hacían parte de la vida cotidiana.

—En el D.F. se escuchan otro tipo de relatos —comenté—, pero, aquí, en las zonas rurales creo que se siente una energía diferente. Solo hay que salir a la noche para poder percibirlo. Se puede oler en el aire.

La esposa de Salvador y Lina, se retiraron a dormir. Entonces quedamos solos, tomando unas cervezas a la luz de la luna. Él me contó cómo, cuándo prestó servicio militar, se escuchaban relatos de aparecidos y otros seres, pero entre militares esto no era bien visto.

—No se puede ser cobarde si uno es hombre, patrón.

—Tienes razón. El miedo es una sensación humana y todos la sentimos —repliqué a Salvador—. Ahora los miedos cambian, pero en el fondo es el mismo: temor a no saber qué pasará.

Luego de la tercera cerveza, me pidió permiso para irse a dormir, porque su día comenzaba bien temprano, antes de las cinco de la mañana. Entonces cuando se fue Salvador, quedé solo. Así que mis únicos testigos eran las estrellas, la montaña y la luna.

No puedo decir que estaba borracho. Tomamos unas cuantas cervezas tras la cena que prepararon Lina y Graciela, la esposa de Salvador. Decidí tomarme lo que quedaba e irme a descansar también. Escuché el aullido de un lobo en la distancia. Se me hizo muy raro, porque esa no es zona donde habiten estos animales. Bebí el último sorbo de cerveza y caminé alrededor del rancho, mirando cómo había cambiado desde que lo recordaba en mi niñez, hasta ahora.

Escuché ruidos en la caballeriza. Tuve un mal presentimiento. Pensé en llamar a Salvador para que me acompañara, pero supuse que estaba muy cansado. ¿Qué podría temer? De cualquier manera, fui hasta el depósito y tomé la vieja escopeta con la que siempre se espantaron a los intrusos que intentaban cruzar la frontera del rancho. La cargué avanzando en dirección a la caballeriza. Bajo la luz de la luna solo se escuchaban mis pasos sobre la arena.

Abrí la puerta de la caballeriza, que crujió, los caballos resoplaron. Los sentía nerviosos. Me acerqué a Zeus, el más querido por mi difunto padre y le acaricié la crin. Encendí la luz central y los seis caballos estaban alertas. De repente, mientras pasaba mis manos entre la suave crin, mis dedos se quedaron enredados. Me acerqué para ver qué sucedía y vi que estaba trenzada minuciosamente la crin; también la cola tenía trenzas. Entonces revisé al resto de los caballos: todos tenían trenzadas sus crines y su cola.

—¿Quién es el chistoso que está haciendo esto? —grité—. ¡Ven a darme la cara, si tienes los huevos bien puestos!

Salí de la caballeriza en dirección a la fuente central. Todo parecía en orden. Miré el reloj: iban a dar las doce en punto. Cuando caminé por el camino central en dirección a la casa, con el rabillo del ojo pude notar que alguien se movía.

—¿Quién está ahí? Sal ahora mismo o disparo —advertí.

Un par de ojos, como dos luciérnagas brillaron en la oscuridad, a unos cincuenta metros de distancia, en la división del vallado con el siguiente rancho. Volví a advertir que dispararía, pero lo único que recibí por respuesta fue una risa.

—¿Lupe? ¿Lucía? ¿Tere? —llamé a las niñas, pensando que me estaban jugando una broma— Salgan para darles una buena lección.

Se movieron las luces, haciendo estremecer la valla. Disparé la escopeta. Los perros ladraron inquietos. Me acerqué alumbrando con la linterna y lo único que encontré fue un sombrero rojo con el orificio humeante de la bala que yo había acabado de disparar.

Al día siguiente nos fuimos del rancho junto con mi esposa y las niñas. Ahora, que el tiempo ha pasado y están a punto de convertirse en jovencitas, me insisten en volver, pero no quiero.

## Aterrador encuentro de un militar con un nahual[1]

Me reservo mi nombre, por obvias razones. Soy capitán de un destacamento del ejército mexicano, cerca de la frontera con los Estados Unidos. Desde que empecé mi carrera de oficial, he estado de cara a la muerte. Me considero un hombre recio, que no le teme a nada; bueno, a casi nada. Aunque en la vida militar estamos sometidos a múltiples desafíos, en los que nuestra resistencia psicológica y física, está siempre al límite, lo que voy a confesar ahora es algo que muchos de los oficiales y soldados más fuertes, y con mayor experiencia, no se atreven a contar, porque serían blanco de burlas y de estigmatización por parte de los altos mandos

---

[1] *Los nahuales representan para la cultura mesoamericana, particularmente en México, una entidad que es capaz de tomar forma zoomorfa o de un animal, como el jaguar, el coyote, un perro, un lobo o un gato salvaje, etc. La expresión representa tanto al chamán o brujo, capaz de transmutarse en un animal determinado, así como al mismo en su esencia y representación.*

de las fuerzas militares. Es un tema muy delicado. De cualquier manera, estoy asumiendo un riesgo muy grande, pues, en el caso en que se filtraran mis datos, tales como ni nombre, rango y a qué área del ejército mexicano estoy asociado, seguramente, mi carrera se vería involucrada y yo estaría en entredicho, pues estos asuntos son puestos bajo un estricto protocolo de silencio. Se me sometería a un tratamiento psicológico y, en caso de que se encontraran inconsistencias, sería dado de baja. Un ejército que está compuesto por hombres dispuestos a defender a su patria contra el peor ataque posible, ¿creen ustedes que pueda tener dentro de sus filas a alguien que sostenga un relato como el que voy a decirles a continuación?

Las jornadas de entrenamiento del ejército mexicano son extenuantes y exigentes. Tengo a mi cargo cerca de 500 soldados. Soy un hombre recio, con un gran carácter. He visto muchas cosas y, puedo decir, que a mi edad casi nada me impresiona, sin embargo, este suceso que viví en carne propia, sería algo que iba a marcar mi vida de una manera radical. Fui destinado a desplazarme al norte de la república, más exactamente al borde de la frontera con los Estados Unidos, en el estado de Nuevo León. Con esto he dicho más que suficiente.

Era un lugar que desconocía totalmente, pues yo estaba destinado a cumplir labores en el estado de Morelos. Allí transcurría mi vida militar, sin sobresaltos. Soy un militar que cumple con sus obligaciones. Recto. Disciplinado. Fiel a mi patria y a mi familia, pero, sobre todo, a Dios, nuestro señor y a Jesucristo. Siempre, estoy cada mañana, ante el altar de la capilla, para darle gracias a Dios, por otro día más de servicio. Así lo hice en Nuevo León. Todo estaba tranquilo, transcurriendo tal como se debe en la vida castrense. Sin sobresaltos, hasta ese día.

Un coronel, me pidió que me desplazara a manejar este contingente al norte de México. De mi desempeño allí, tendría una gran repercusión como militar, por lo que resultaba importante hacer una buena labor. Había una gran cantidad de soldados de origen indígena. Me advirtieron que yo tenía que tener respeto por los elementales y otros seres que protegen la tierra mexicana. Para mí, lo que no estuviera asociado a mi creencia, no tenía nada de cierto. No presté atención a lo que me decían, y continúe haciendo lo que se me encargó. Entrenaba a los soldados y estaba atento de que nada pasara allí, en una guarnición que estaba lindando con el desierto y que, en las noches de luna llena, el frío era tan inclemente, que muchos soldados caían por la hipotermia. Pero siempre me han gustado los desafíos.

El frío podía caer a temperaturas de hasta diez grados centígrados o menos, en la madrugada. Sostenerse con los sentidos aguzados y la fuerza física intacta, en aquellas condiciones que exigen del cuerpo y de la mente humana, una gran concentración y resistencia, es una tarea titánica. A parte de esto, había dentro de la compañía, una gran cantidad de rumores que hablaban de sucesos paranormales. Dentro de mi formación militar, esto era sinónimo de ignorancia y de falta de carácter de los soldados, por lo que, cuando se me contaba algún suceso de este tipo, yo contestaba con disgusto. Les decía que eso era falta de disciplina: «Un soldado creyente en Dios, no hace caso a semejantes tonterías. Hay que tener disciplina y dejar de pensar en esas cosas», les respondía, creyendo que se podía zanjar así porque así. Muchos soldados me advertían que tuviera respeto a esas cosas, tanto, incluso que a la misma Guadalupana. Eso me llegaba a molestar, tanto, que les ponía alguna penitencia por controvertir mi fe. Luego, lo meditaba y pensaba que estaba siendo demasiado radical con mi manera de ver las cosas. Pero me habían puesto allí para dar orden y cordura a las tareas de la vida militar en medio de la nada, así que no podía convertirme en un mal ejemplo o en el hazmerreír de la compañía.

En noviembre de aquel año en que fui destinado a Nuevo León, tuve que estar al tanto de las tropas, pasando revista casi que cada dos horas. Los soldados caían, vencidos por una especie de fuerza sobrenatural, que hacía que se desplomaran por efecto del clima, ardiente en las mañanas y helado en las noches. Así que me hallaba recorriendo las garitas y los muros de contención que dividía la guarnición de la vastedad del desierto que colindaba con las montañas del norte.

La noche que no olvidaré, era una noche víspera del día de muertos. La luna iluminaba el cielo nocturno con su brillo dorado. Me quedé absorto mirándola, olvidándome casi por completo del intenso frío de la noche desértica. Fue entonces cuando mi sangre se heló al escuchar un aullido en la distancia. Es bien sabido que en esta zona del norte de México no hay lobos. El aullido entró en mi ser, haciendo que me estremeciera de pavor. La base militar estaba en el límite de la zona montañosa, por lo que aventurarse a indagar qué era exactamente aquello, significaba entrar en tierra de nadie. Estuve tentado en enviar a una tropa para saber qué era aquello, pero opté por desentenderme del asunto.

En la alta madrugada desperté en medio de una pesadilla: soñé que me adentraba solo en medio de la montaña para buscar aquel nahual por mi cuenta. Los soldados me alentaban desde la entrada a la guarnición. «Vamos, mi capitán, usted puede, es valiente. Lo esperamos», me decían. Yo entraba en la montaña armado con mi fusil y una linterna en mi casco. Buscaba entre cada resquicio, prácticamente bajo cada piedra, pero era inútil: no había nada allí. Al girarme para retornar sobre mis pasos, pude verlo. Era un ser que tenía el cuerpo de un hombre de cerca de dos metros de altura y sus ojos enrojecidos reflejaban la luz de mi linterna. Gruñó y se abalanzó sobre mí. Disparé…

Me levanté y salí a la fría noche para hacer patrullaje. Al acercarme a la primera garita, me saludó el soldado poniéndose firme para decirme que no había novedad en aquel punto. Seguí caminando hasta la siguiente garita. La luz de la luna reflejaba mi sombra, como si fuera un fantasma que me persiguiera.

Durante casi cinco años atrás había tomado la decisión de dejar de fumar, pero en ese momento estuve tentado en pedir a un soldado un cigarrillo. Hice acopio de fuerzas para resistirme. Estaba muy ansioso. Empecé a tararear una vieja canción que me enseñó mi abuela para darme valor. Justo cuando estaba llegando a la garita, la que en mi sueño miraba hacia la montaña en la que tuve mi encuentro onírico con el nahual, escuché de nuevo el aullido, y, por un momento, retornó mi mente a la pesadilla. La sensación fue de angustia, pues no podía decir si la realidad que vivía era concreta o parte de una fantasmagoría macabra.

Volví a escuchar el aullido. Esta vez más intenso, con mayor fuerza y se podría decir que con furia. Busqué al soldado que estaba asignado a esa garita, pero no lo encontré. Para quienes no lo saben, esto representa en la disciplina militar abandono de puesto, por lo que era preciso dar con el soldado para saber la razón por la que no se encontraba al momento en que el oficial de guardia hacía la ronda. Seguí caminando en dirección a la tercera garita, casi completando el gran rectángulo que forma la guarnición. Cada paso que daba las piedras crujían bajo mis botas, amplificando mi sensación de paranoia.

—¡Soldado Pérez! —Grité—. ¡Preséntese en la garita número tres ahora!

Lo único que escuchaba era el arrullo del viento feroz en mis oídos. Era como si se lo hubiera tragado la tierra al soldado Pérez. Decidí volver sobre mis pasos para dar reporte al suboficial de turno para que se sancionara disciplinariamente al soldado. En ocasiones, se rumoreaba que subrepticiamente, se introducía al batallón a una mujer para saciar los apetitos de los militares. Esto sería una conducta gravemente doble, dado que se está vulnerando la privacidad de una guarnición castrense. Eso no se puede permitir, pensé.

Al momento en que de nuevo crucé frente a la tercera garita, pude ver a la distancia la sombra del soldado Pérez. Entonces, decidí confrontarlo para preguntarle por su abandono de puesto, que, aunque fuera por un par de minutos, debía estar justificado por el suboficial de servicio.

—Soldado Pérez, baje ahora mismo de la garita y haga presencia ante su oficial de turno —le ordené.

El soldado no respondía a mi orden. Guardó silencio. Esto me resultó muy extraño, por lo que le pregunté por qué no contestaba. Lo único que recibí por respuesta fue un murmullo. Desde abajo, podía ver el marco de la garita, donde se movía la figura del soldado. Volví a usar mi voz de mando para ordenarle que contestara y que se apresurara a presentarse ante mí, descendiendo de la garita. Le advertí que, de no hacer caso a mi orden, me vería en la necesidad de castigarlo poniéndolo dos semanas en el calabozo a pan y agua. Incluso, podía ser procesado por insubordinación, de acuerdo a las leyes militares.

Entonces, escuché un gruñido profundo y la silueta del soldado tomó forma en el marco de la garita: pude ver perfectamente el perfil de una cabeza gigantesca de lo que podría describir como un perro lobo, como un Husky. El cuerpo de aquel ser era el de un hombre de grandes proporciones, con un gran cuello y brazos poderosos. Retrocedí sobre mis pasos y tropecé, cayendo de espaldas. De lo alto de la garita, saltó aquel ser, al borde de la reja de la guarnición. Tenía zarpas poderosas, tanto en los miembros superiores como en los inferiores y una cola. Estiró el cuello y aulló a la luna. Se giró a mirarme con sus ojos enrojecidos y me gruñó, mostrándome sus enormes fauces. Entonces, saltó del otro lado del muro, que era más o menos de unos seis metros de altura.

Me levanté. Sin creer en lo que había acabado de presenciar, decidí ascender a lo alto de la garita. Iluminé el interior con mi linterna. Allí yacía el cuerpo ensangrentado del soldado Pérez, con profundos cortes y dentelladas, en su garganta.

## Aparición en el metro

El metro parte en dirección al centro de la ciudad. Clara, una chica vestida de negro está mirando su celular, calculando la distancia hasta el Zócalo. Tiene el tiempo justo para llegar. El ruido metálico del metro indica que ha llegado. Su ruido sordo hace estremece todo alrededor. La chica mira hacia arriba, verificando que está en la estación correcta. Entra al vagón. El metro comienza a moverse a gran velocidad y fuera de la ventana, la realidad empieza a desperdigarse. Todas las vigas y las estaciones son como humo fantasmal. Traquetea el metal del mismo modo que una fábrica con su ruido monótono. Mira hacia los lados para ver quién está en el vagón con ella. No más de cuatro personas. Es tarde en la noche del sábado. La gente tiene algo mejor que hacer que moverse en un vagón de metro en la vasta ciudad de México.

Al mirar las ventanas de la fila del frente, puede ver su reflejo. Está vestida como ella quería verse. Las sombras del subterráneo acentúan con su rostro blanco, maquillado adrede para contrastar. Mira por la ventana y ahonda en la penumbra. Puede ver anuncios despedazados a medida que pasa. Las imágenes de un aquelarre se mueven en su mente como insectos que aletean. Todo es pasajero un sábado en la noche; el domingo en la mañana ya no existirán las horas que tiene por delante.

El vagón se detiene. Se abren las puertas y vomita a la totalidad de los pasajeros y queda ella sola. Una sensación abrumadora de soledad y vulnerabilidad la asaltan. Puede pasarle cualquier sola, pero a ella le gusta correr riesgo. La adrenalina sube por sus venas hasta el cerebro y hace que el corazón se agite con fuerza. Sigue avanzando el metro con dirección al Zócalo. Está a unas cuantas paradas.

Clara mira a través de su cabello negro la pantalla del celular. Fotografías en blanco y negro. Tatuajes con intricadas formas sobre la piel. Sangre. Imágenes de chicos y chicas haciendo el saludo del macho cabrío con sus dedos. Está absorta en el celular cuando se abre de nuevo la puerta del vagón. Entra alguien. Ella mira, pero no ve a nadie. Gira al otro lado, y no hay nada. Vuelve a posar sus ojos en el rectángulo luminoso del celular.

Alza la mirada. Ve a un hombre con el rostro pálido, vestido con un traje de estilo vintage, frente a ella. Mira sin mirarla. Parece ver a través de ella. Siente el impulso de levantarse de su lugar y por primera vez se siente aterrorizada. Los ojos de aquel hombre la miran. Pero, piensa, si me levanto lo único que voy a hacer es llamar su atención. Lo que puedo hacer es levantarme en la próxima estación y correr.

Clara, antes de bajarse del vagón, decide tomar una fotografía al hombre. Entonces enfoca rápidamente y dispara. Cuando se detiene el metro, camina para cruzar el umbral y sentirse segura. A su espalda se ha cerrado la puerta. Revisa la pantalla del celular para ver la fotografía que acaba de tomar. No hay nada. Está la fila de asientos que tenía frente a ella, vacía.

Camina rápido en dirección a las escaleras que dan a la calle. El GPS le dice que, en cinco minutos a pie, más o menos, estará en el Zócalo donde sus amigos la están esperando. Detrás siente pasos. Alguien la está siguiendo. Al pasar por el túnel, sus pasos se amplifican;

escucha el redoble de otro par de zapatos sobre el suelo. No puede ver a nadie. Es como si estuvieran materializándose sus miedos, sus paranoias, todas las ficciones y fantasías que escribe las hojas vacías de sus cuadernos escolares.

Mira por encima de su hombro. Solo adivina una silueta gris. Se mueve más rápido, corre con todas sus fuerzas. Los pasos aceleran al mismo ritmo. Su corazón parece que va a salirse del pecho.

Llega a la calle y puede ver la bandera mexicana, enorme, agitándose en la noche. El Zócalo. Corre con todo el aire que tiene en sus pulmones y grita. El grupo de muchachos se acerca a ella. Le preguntan si está bien. Dice que un hombre viene siguiéndola desde el vagón del metro.

—Vamos a ver quién es el hijo de su pinche madre —dice uno de los chicos dándole un puñetazo a la palma de su mano.

Acuden a la esquina por la que venía la chica. Nada. Solo el viento levantando papeles y arremolinándolos en la bocacalle.

Entonces la chica junto al grupo de amigos, cruzan el Zócalo. Se pierden en la noche. La chica piensa que solo fue un susto. ¿No era algo real o sí? La noche es joven; las risas del grupo, su juventud despreocupada, hace que ella se olvide del asunto. Llegan al lugar y empiezan a beber mezcal, cerveza, tequila. Pronto el cuerpo se le hace ligero. Ve el mundo por medio de una bola difusa y líquida. Empieza a reír y se besa con el chico mayor, Raúl, un compañero de la secundaria que le presentó su mejor amiga.

Pasan las horas y pronto van a cerrar el antro. Raúl le dice que se vayan a su departamento. La chica lo piensa y dice que está bien. Aunque al día siguiente sus padres van a hacerle pasar por una ordalía de preguntas inquisitoriales. La noche es joven todavía.

Al cruzar la calle en dirección al departamento de Raúl, la chica se queda muda. En la esquina ve de nuevo al hombre del vagón del metro. Mirándolos fijamente. El chico le pregunta qué pasa, pero ella no es capaz de decir nada. Está petrificada por el miedo. Señala en dirección a donde ve al hombre.

—Ahí no veo a nadie —la tranquiliza Raúl—, ¿quién está ahí? —grita al vacío de la calle.

Al llegar al sitio donde Clara había visto al hombre observándola, Raúl no encuentra nada. Del otro lado de la calle, puede ver la figura inquietante del extraño que ha decidido seguirla. Una vez que llegan al departamento de Raúl, Clara duerme. Tiene pesadillas con aquel hombre que la persigue por un laberinto, con un cuchillo en su mano. «Te voy a matar, Clara, si te alcanzo, te voy a matar», le dice mientras la persigue y ella grita. Despierta con el rostro bañado en sudor.

—¿Qué te pasa? ¿Estás bien? —le pregunta Raúl.

—Sí. Ha sido solo una pesadilla. Gracias.

Al día siguiente, Clara retoma su vida sin contratiempos. Pero eso es lo que ella piensa. Cuando quiere tomar de nuevo el metro, vuelve a ver aquel hombre y entonces, corre en dirección contraria. Toma el celular para llamar a Raúl. El teléfono timbra, pero no responde. Clara insiste. Finalmente, contesta una mujer madura. Su voz transluce una gran angustia. Es la madre de Raúl.

—Hola, ¿tú eres Clara? Raúl ha sufrido un accidente esta mañana, mientras conducía al trabajo —le dice.

Clara acude al hospital y encuentra a Raúl, quien tiene graves heridas en su cabeza y el cuerpo. Con un hilo de voz, le narra qué pasó esa mañana cuando se dirigía a su trabajo. Conducía como siempre por la avenida principal. Estaba desolada a esa hora de la mañana. De la nada surge la figura de un hombre de traje gris que se atraviesa en su camino. Raúl intenta esquivarlo, pero su automóvil termina por chocar contra el separador de concreto de la autopista. Pierde la conciencia. La recupera en el hospital. Poco después de hablar con Clara, Raúl entra en un estado de coma profundo. Los médicos le piden que salga de la habitación.

Las horas transcurren con lentitud en la sala de espera del hospital. Clara sale a tomar el aire fresco, pero antes de cruzar el umbral, su sangre se congela. Allí está el hombre de traje gris mirándola con odio, del otro lado de la ventana. Está blandiendo un puñal y le advierte que si sale la va a matar.

La mamá de Raúl se acerca llorando. Se abraza a Clara.

—No puede ser posible —dice ahogada en lágrimas—. No, mi muchacho. No, no.

Al otro día, durante el funeral de Raúl, Clara intenta tranquilizarse con unos calmantes que le ha recomendado el doctor. Las cosas han sucedido de manera tan precipitada, que nadie puede entender a dónde ha llegado esta espiral de hechos dramáticos. Le pide a una de sus amigas que la acompañe al baño. Clara entra cierra la puerta y da un grito que estremece a toda la funeraria. Allí está el hombre de gris. Junto a ella en el reflejo del espejo, donde está escrito con sangre que la siguiente será Chantal, su amiga, y luego ella, Clara. Al abrir la puerta su amiga, ve a Clara llorando en shock. Tienen que llevarla a un sanatorio. El médico sospecha que puede estar teniendo un colapso nervioso, por lo que decide medicarla y hacer un tratamiento psiquiátrico clínico. Clara es internada.

Presa del efecto de los tranquilizantes, Clara pierde la conciencia durante casi un mes. Está desconectada de la realidad. Pero el hombre de gris la sigue asediando en sus pesadillas. Ve al hombre dentro del ataúd, tomando la forma de Raúl. Le habla y solo ella puede escuchar lo que le dice. La matará, advierte. No hay nada que pueda hacer Clara para huir de su destino. Uno que ella misma trazó al jugar con la tabla ouija. Invocó este espíritu del bajo astral, que ahora se ha convertido en su peor pesadilla. A pesar de las crisis y las pesadillas, el psiquiatra decide que puede darle de alta a Clara.

—Recomiendo terapia artística: escritura, pintura, música —advierte a los padres de Clara, el psiquiatra—. Un ambiente campestre puede ayudar a despejar la mente.

Sin embargo, las pesadillas y las apariciones de la entidad demoniaca, no paran. Entonces deciden llamar a un sacerdote exorcista. Hace el ritual romano para expulsar a los demonios, durante tres semanas seguidas, hasta que finalmente, la entidad decide dejar en paz a Clara.

—Se ha ido ahora, hija —le dice mientras pone aceite sagrado en la frente de Clara, haciendo la señal de la cruz.

Clara, decide viajar a Europa para deshacerse de los recuerdos y empezar una nueva vida estudiando cine. Luego de varios años, Clara escribe y filma una película que será un éxito. Decide volver a México para buscar a los actores y por casualidad, se cruza con Chantal, quien ha tenido un hijo de su fallecido amigo Raúl.

—El niño es nuestro secreto —le confiesa Chantal.

—Me alegro mucho —responde Clara—. ¿Cómo te llamas?

—Raúl —contesta el niño.

Clara le sonríe.

—Dime —le pregunta el chiquillo— ¿Y quién es él?

Clara lo mira extrañado. No sabe qué le quiere decir el niño.

—Sí —le responde—. Ese: el señor del vestido negro que está detrás de ti.

## El fantasma del hombre sin cabeza

Durante algunos años trabajé como agente inmobiliaria. Tenía que mostrar diferentes propiedades en un pueblo pequeño de los Estados Unidos. Por razones de seguridad y privacidad, no podré decir dónde. Pero lo que voy a contar aquí, es bien conocido por todos los habitantes de ese pueblo. Incluso, fue parte de una exitosa película. Para efectos de identificarme, para usar un nombre, voy a llamarme Jenny.

Como agente inmobiliaria de turno, recibí una llamada de la encargada. Era una mujer madura llamada Jennifer. Siempre me hablaba con respeto. Un cliente que venía dese otro país, puntualmente desde Corea, había pedido ver casas listadas entre $50,000 y 100.000 dólares. Este valor puede ser tenido como una ganga, sin embargo, he podido encontrar casas muy buenas, incluso por menos precios, en zonas bastante apacibles en los Estados Unidos. Así que fui a la cita con el hombre. Conduje cerca de veinte quilómetros para encontrarme con él. Fue solo. Me dijo que estaba recién llegado y tenía intenciones de afincarse en este pueblo que le parecía típico de la cultura americana. Traería a su joven esposa desde New York, que estaba esperando su primer hijo. Me contó que había estado viendo diferentes propiedades, pero que las vendedoras eran demasiado ansiosas o no tenían el tacto necesario para tratar a un cliente como él.

—La última vendedora fue grosera conmigo —dijo—. Ella no quería hacer negocio. Eso estaba claro. Yo tenía dinero y no estaba dispuesto a extenderme demasiado regateando. Yo vengo a vivir a América. Solo quiero una casa más o menos módica para vivir con mi familia.

Era la típica casa de estilo americano, con el diseño propio de los suburbios de los años cincuenta, perfecto para una familia que empieza. Tenía salón comedor, cocina grande, patio, garaje, sótano, un baño en la primera planta y otro en el cuarto de servicio. En la segunda planta, cuatro habitaciones cada una con un baño. Tenía también un altillo.

Desde las ventanas de los cuartos se podían ver las zonas boscosas y las montañas con picos nevados. Le dije que era probablemente el pueblo más tranquilo de la zona este de los Estados Unidos. El coreano, volvió a revisar todo. Miró las paredes. Tocó la madera. Abrió los grifos de la cocina y los baños. De pronto señaló al techo. Preguntó si la casa tenía filtraciones. La verdad no me lo dijo Jennifer. Me dijo que intentara enganchar al cliente y que le hiciera un descuento considerable para que se animara a comprar la casa.

—¿El precio de la casa es fijo o puede descontar algo? Tengo en la cuenta justo 75.000 dólares. Ni un centavo más —afirmó el coreano.

Le pedí que me diera un momento para hablar con mi jefe.

«Parece que es un cliente serio y quiere comprar la casa», escribí a Jennifer. Ella me hizo una llamada. Me dijo que, si la vendía por una cifra superior a la que ofrecía el coreano, entonces me daría mi seis por ciento que tenía fijos, más un tres por ciento adicional. Le dije que haría lo posible. No estaba nada mal para mí tener siete mil dólares para la Navidad por la venta de aquella casa.

—Setenta y seis mil es el precio mínimo y la casa es suya —le dije.

El coreano dio una vuelta más y bajó entusiasmado. Me dijo que a dónde íbamos para firmar los documentos. Yo estaba eufórica. Mientras Jennifer firmaba los documentos, yo hablaba con mi novio para ir a celebrar esa noche mi primera venta en esa firma inmobiliaria.

Fuimos a un restaurante italiano muy bonito, donde vendían una pizza estupenda. Luego, John, pasó la noche conmigo en mi departamento, haciendo planes para el futuro. Yo quería ir a Grecia, España, Italia y Francia. Le dije a él que iba a empezar a trabajar duro para cumplir mis metas. Por su parte, John, que es ingeniero de sistemas, me dijo que quería formalizar conmigo algo. Ambos estamos llegando a los treintas y nos preocupa la edad fértil.

—Aunque yo sé que acabas de entrar a esta firma inmobiliaria —me dijo John, haciendo círculos con el humo del cigarrillo—, quiero decirte que posiblemente me ofrezcan un trabajo en Chicago o Nueva York. ¿Estarías dispuesta a irte a vivir conmigo?

Era una propuesta que no había contemplado. Yo tenía a mi madre a dos horas del pueblo y, tras la muerte de mi padre, no quería dejarla sola, porque soy su única hija.

—Ya lo sabes —contesté—. No me parece justo con mamá. ¿Qué va a hacer sin mí?

A él no le gustó mi respuesta. Me dijo que ya era una mujer grande y no tenía por qué hacerme cargo de mi madre. Le respondí que entonces qué pretendía que hiciera con ella, si meterla a un asilo o dejarla a su suerte.

—Para ti es muy fácil porque tienes a tus padres; yo soy lo único que mi madre tiene y eso no estoy dispuesta a negociarlo con nadie. Espero que te quede muy claro, ¿ok?

John se levantó y se fue, tirando la puerta tras de sí. Yo pensé que sería simplemente una discusión y que ya volvería. Pero esta no era sino la primera ficha del dominó que empezaría a caer.

Cerca de cinco días después, recibí la llamada de Jennifer que me decía que el coreano quería hablar conmigo. Estaba muy molesto, porque lo habían engañado.

—¿Qué? Si el tipo estuvo dando vueltas por toda la casa y golpeando la madera y viendo las paredes, con tanto detalle que parecía el gerente de una compañía de reparaciones —respondí con sarcasmo a Jennifer.

—Lo único que el tipo quiere es que hables con él —dijo.

Así que fui y cuando llegué, el hombre estaba acomodado en el interior de su automóvil. Le pregunté cómo le había ido con la mudanza. Al mirar dentro de la casa, vi que estaba vacía: una sola caja estaba en el centro de lo que debía ser la sala principal.

—En esa casa no se puede vivir —respondió exaltado el coreano.

Lo miré extrañado, con un gesto de incredulidad. Le pedí que me explicara qué era lo que pasaba. Si había algún tipo de fuga de agua, si fallaba la energía o si el agua no funcionaba.

—No es nada de eso —dijo rascándose la cabeza y suspirando con angustia—. Lo siento, pero los Manshin no quieren que me quede con esta casa.

—¿Los qué? —pregunté extrañada.

—Los Manshin son espíritus de dioses o entidades superiores; parece que aquí hay algo oscuro. Hay ruidos, pasos, susurros y risas —comentó—. Es aterrador. Por eso nadie la quiere y yo no la quiero tomar.

Entonces pidió el reembolso del dinero. Hay una cláusula que estipula que si antes de una semana, por razones de fuerza mayor, el comprador justifica que no puede habitar la casa, puede pedir el reembolso de dinero. Así que me quedé sin mi comisión y perdí mi primer cliente.

John me escribió casi en el mismo instante en que el coreano firmaba los papeles de la póliza, para decirme que lo sentía pero que viajaba a Nueva York: tenía a alguien más. Me sentí devastada. Pero faltaba lo peor aún.

—Jenny —me dijo mi jefe—. Lamento informarte que no puedes continuar con la firma. Estás en periodo de prueba. Así que, te deseo mucha suerte con tu búsqueda de un nuevo empleo.

Me encerré en mi apartamento a llorar y destapé una botella de whisky que guardaba para ocasiones especiales. Sin trabajo, ahora, seguro me echarían a la calle. Decidí, no sé por qué, ir a la casa que el coreano iba a comprar. Quería probarle a Jennifer que aquello que decía era una pura treta para no comprarla. Por fortuna tenía una copia de las llaves.

La noche estaba cerrada ya cuando llegué a la casa. Entré y pude percibir un olor, que era algo aproximado al de la carne podrida. No podía decir de qué parte de la casa venía, pero era intenso y dulzón.

Encendí un cigarrillo y puse música con el celular. Serví un trago de whisky y empecé a escribirle a mi madre. Me decía que se sentía mal. Dolores articulares y jaqueca. Le dije que iría a visitarla, ya que me quedaba tiempo libre. De ninguna manera podía preocuparla diciéndole que ahora estaba sin empleo.

Fue entonces cuando escuché que alguien caminaba en el segundo piso. Decidí subir a averiguar quién era. Sabía que podría correr peligro, así que me aferré a la botella. Si alguien intenta hacerme algo, la golpearía con todas mis fuerzas. Al caminar por las habitaciones, preguntando en voz alta quién estaba allí, no pude ver a nadie. Iluminaba mis pasos con la luz de la linterna del celular.

Justo cuando estaba bajando las escaleras, una voz masculina me llamó por mi nombre: «Jenny».

Me sobresalté. Quién anda ahí, pregunté. Pero nadie respondió. Volví a entrar en cada habitación, abrí cada puerta e incluso registré el altillo. No había nadie allí. Nunca he sido supersticiosa, pero sentía una sensación en mi estómago que subía y bajaba.

Terminé la botella de whisky. Entonces decidí tomar valor para ir a hablar con Jennifer. Le diría que no había nada en la casa y que me aceptara nuevamente como vendedora.

Antes de cerrar la puerta, la misma voz gritó mi nombre seguida por una carcajada macabra. Giré para ver quién era y pude ver claramente con la luz de la linterna algo que jamás olvidaré: había una cabeza flotando en el aire, justo en el espacio de las escaleras y detrás, caminaba un hombre con un vestido del siglo XVII, de la época de los cuáqueros.

Con el corazón en la mano aceleré hasta el fondo el automóvil. Frené en seco frente a la oficina inmobiliaria. Cuando me bajé del automóvil, Jennifer salió a mi encuentro. Pensé que me diría algo relativo a la casa, que todo había sido un error.

—Lo siento mucho. El avión en que viajaba John, tu prometido, se estrelló antes de aterrizar en el aeropuerto.

Me senté en el baúl del automóvil. Respiré.

—El cliente coreano que iba a comprar la casa, iba a tomar el mismo vuelo, pero se retrasó. Parece que tiene alguien poderoso que lo cuida —comentó Jennifer.

Le conté lo sucedido a Jennifer y pensó que estaba bromeando. Decidió reintegrarme a trabajar en la oficina inmobiliaria.

Aquella casa que no quiso comprar el coreano, sigue allí, solitaria y sumida en el silencio sepulcral. Cuando paso por allí con mi automóvil, acelero hasta el fondo, porque sé que en la ventana está vigilante esa entidad sin cabeza.

## La historia del fantasma del capo

Desde hace casi treinta años soy trabajador de una funeraria en Colombia. Cuando empecé a trabajar aquí, hacía labores básicas. Poco a poco, por la necesidad de personal especializado, mis jefes me propusieron hacer otros trabajos esenciales. En principio, tenía temor a los muertos. Me aterraba cada vez que llegaba un féretro. Sudaba y quería mantenerme lo más alejado posible. «Muchas personas que trabajan en servicios funerarios —me dijo el gerente—, no duran ni un mes. El temor hace que vuelvan a las filas del desempleo. Pero le aseguro que este es un trabajo, incluso, más tranquilo que el resto de los que realizan el grueso de la población. Hágase amigo de los muertos. Al fin y al cabo, son los que nos dan de comer». El paso siguiente a ser auxiliar de servicios, que fue el cargo que acepté cuando inicié a laborar en este oficio, era ser asesor de venta o ejecutivo de servicios funerarios. Tenía que vestirme elegantemente, con corbata y zapatos ejecutivos. Mi labor era ayudar a hacer menos doloroso el proceso de entregar a los difuntos a su última morada. Así que, poco a poco, aprendí a leer la psicología de los deudos.

Estuve varios años como ejecutivo de cuenta de servicios funerarios, hasta que mi familia creció y tuve que verme obligado a ascender. Esto en la jerga funeraria, quería decir, convertirse en tanatólogo. Este es el último eslabón de la cadena: es la persona que tiene el último contacto con el difunto. Debe prepararlo y presentarlo para su último acto social: el velatorio. El día que tuve que realizar mi primera práctica con un cuerpo, pasé por un proceso que es una especie de prueba de fuego.

—¿Le tienes miedo a los difuntos? —preguntó el tanatólogo.

—No —respondí con tono de duda, que el suspicaz experto detectó de inmediato.

—Pues perfecto, porque esta noche tendrás que pasar el turno en el laboratorio trabajando conmigo. Te voy a dejar solo mientras voy por mi cena.

De repente estaba solo, rodeado de cuerpos provenientes de diferentes hospitales o casas, donde morían. Unos por causa de un accidente automovilístico, por heridas de un atraco; los que venían de su casa, morían por causa de un infarto, cáncer o cualquier otra causa natural. Mi primera tarea consistía en maquillar los cuerpos y hacer costuras. El cuerpo que tuve que maquillar era el de una chica joven, al parecer una trabajadora sexual, que me miraba con sus ojos negros profundos ausentes ya de la luz de la vida. El tanatólogo me dijo que intentara hablarles, que eso les gustaba. Así que tomé esa costumbre. Les hablaba como si fueran viejos amigos a los que no veía desde hace años. Algunos parecían cambiar su postura original. Los dejaba, en la posición clásica, es decir, la de los dedos entrelazados sobre el pecho para ponerlos en su ataúd y al volver de servirme un café o comer algo, los encontraba con una sola mano puesta sobre el pecho.

El tiempo y la experiencia me enseñaron que, de acuerdo al día y la hora, se podían percibir más o menos actividad de tipo paranormal. Aunque esto era un secreto a voces, nadie se atrevía a contarlo. Lo hago ahora, porque ya estoy retirado, y eso me lleva a sincerarme con todos ustedes, los escuchas de este canal.

Era un día de muertos de finales de los noventas. Yo estaba trabajando solo, porque el resto de los tanatólogos y auxiliares, estaban tan ocupados, que tuvieron que ponerse a trabajar. Un cuerpo salía y llegaba otro. Entonces el tiempo se pasó corriendo aquella noche. Cuando entré a trabajar ese día, poco antes de las siete de la noche, llegó el cuerpo de un bebé. Había caído desde una altura considerable, por descuido de sus padres. No estaba en mal estado, porque la caída había sido fatal. Arreglé su cuerpecito y lo acomodé lo mejor que pude. Tenía el aspecto de un angelito dormido. Eso era lo que los padres y su familia esperaban, que no tuviera un aspecto grotesco ni dantesco. Fui a tomar un receso cerca de las nueve de la noche, cuando, en medio del silencio del turno de la noche, escuché claramente el llanto de un bebé. Al volver al laboratorio, el bebé estaba en la misma posición que lo había dejado, solamente tenía un gesto de tristeza en su rostro, que procedí a corregir. Le canté una canción de cuna para que se durmiera en su descanso eterno.

Sin embargo, esta anécdota que cuento, palidece en intensidad a la que tuve que vivir antes de retirarme de mi oficio. Colombia es un país muy violento, eso no es un secreto para nadie. Por ello, muchas veces, los cuerpos pueden llegar con traumatismos en su rostro y cuerpo. Hay que poner prótesis oculares o maquillar, coser, usar todas las artes dignas de los maestros de efectos especiales y maquillaje de las películas de Hollywood.

En mi último diciembre en la funeraria, fui el tanatólogo de una figura macabra y que inspiraba temor reverencial con solo pronunciar su nombre. Uno de los grandes capos del narcotráfico en Colombia y mano derecha de El Patrón. Por ello, resultó ciertamente bastante difícil realizar mi tarea, pues su lugarteniente estuvo siempre atento a revisar qué era lo que yo hacía con el cuerpo de su jefe.

—Tiene que dejarlo como si estuviera haciendo la siesta —advirtió el guardaespaldas, con un cigarrillo en los labios y viendo mi reflejo en sus lentes oscuros, que no se quitó en ningún momento—. A él no le gustaban las mujeres maquilladas; así que ni se le vaya ocurrir ponerle nada de eso al jefe. Yo soy el encargado de dar el visto bueno. ¿Me entendió bien?

—Claro que sí, por supuesto —me remití a contestar siguiendo con mi trabajo—. Si tengo alguna duda con mi trabajo, se la comunico a usted.

El tipo agachó ligeramente la cabeza y salió tirando la puerta del laboratorio detrás suyo.

Antes del amanecer, estaba exhausto. Estuve a punto de caer desplomado por el sueño. Tuve que ir por un café cargado. Tenía que estar listo el cuerpo para ponerlo en la sala de velación desde muy temprano. En la entrada de la funeraria había periodistas que habían pasado la noche en vela a la espera de poder registrar la despedida de aquel jefe del narcotráfico. Un grupo de policías también montaba guardia ante la entrada. Era el último cuerpo que tenía que atender. Las fiestas decembrinas se mezclaron con la despedida de aquel hombre, lo que convertía ese fin de semana en una fecha para marcar en el calendario.

Llamé al guardaespaldas para que me diera su visto bueno. Abrí el suntuoso ataúd de color dorado para que aprobara mi trabajo. Revisó con detalle cada centímetro y detalle. Antes de que cerrara el cajón, fue él mismo quien me dijo que le faltaba algo de color a la piel de su jefe, por lo que autorizaba a retocar finalmente el cuerpo. La viuda llegó a ver a su pareja y también lo aprobó. Así que el cuerpo se autorizó para ir a la sala de velación, que ya estaba llena para ser tan temprano.

Me bañé y cambié mi ropa, bajé al parqueadero para encender mi carro. Encendí un cigarrillo y me tomé el último café antes de irme a dormir, para volver en la noche a mi trabajo. Fue entonces cuando escuché pasos en el parqueadero. Era la hora del cambio de guardias, por lo que me extrañó. Miré sobre mi hombro y no vi a nadie. Estaba cansado y achaqué aquello a mi estado.

Giré la llave del automóvil y cerré la puerta. Avancé para buscar la salida, cuando escuché que alguien dijo.

—¡Espere! Baje del automóvil —ordenó la voz.

Aunque estuve tentado a ignorar la orden, no sé muy bien por qué, me detuve y acaté lo que me decía. ¿Quién podía ser?, me dije.

—Sí, dígame —respondí— ¿Quién es usted?

Quien me hablaba estaba sumido en las sombras del sótano. A penas a un par de pasos de uno de los chorros de luz que iluminan el camino de los conductores a sus vehículos.

—Estoy bastante agotado. Dígame, ¿qué necesita? —dije, ya con evidente molestia.

—Quería agradecerle por su trabajo —dijo la voz monótona, sin tono, sin expresión—. Me parece que ha sido respetuoso y que ha seguido las órdenes correctamente. Yo mismo me he encargado de que se le recompense por lo que usted hace cada día.

—Le agradezco, mucho, señor... no sé ni siquiera quién es usted, pero yo hago mi trabajo porque me gusta y recibo por ello un salario a cambio. Así que no se preocupe, yo lo hago porque es mi obligación —respondí y retorné sobre mis pasos para subir a mi automóvil.

Me dirigí a la rampa para subir al primer nivel y salir del parqueadero. Cuando estaba a punto de girar, apareció ante mí un hombre. Estaba vestido con el mismo traje que el guardaespaldas puso sobre la mesa de trabajo del laboratorio. Las luces del automóvil, iluminaban la mitad del cuerpo, pero su rostro estaba sumido en las sombras.

Instintivamente toqué el claxon del auto y saqué mi cabeza por la ventanilla para indicarle que me dejara pasar. Le dije que necesitaba pasar, que no quería embestirlo con mi automóvil, pero el hombre seguía allí, sin moverse. Así que arranqué bruscamente, haciendo chillar las ruedas traseras.

Pasé a través de aquel hombre como si fuera niebla, girando para tomar la última rampa y salir finalmente a descansar. Al volver mi mirada al frente, el hombre caminaba en dirección al coche, tranquilamente, sin temer que lo arrollara. Entonces al acercarme lo suficientemente pude ver su rostro con claridad. Era él. El jefe del narcotráfico que yo había arreglado para su velatorio. Por segunda vez volvía a atravesarlo con el automóvil como si fuera humo y antes de tomar la última rampa, miré por el espejo retrovisor y lo vi sentado en la parte trasera del automóvil.

Mi corazón por poco se detiene. Frené en seco. Puso su mano sobre mi hombro. Sentí el ligero estremecimiento del hielo en mi piel. Me agradeció otra vez, con el mismo gesto inmóvil que yo había acabado de retocar con la brocha de maquillaje. Cerré los ojos y respiré.

—Buenos días, señor Ramírez —me saludó una voz viva, con entusiasmo.

—Qué tal, buenos días, Pedro —respondí afectuosamente el saludo del guardia.

—Señor Ramírez —me dijo el guarda de seguridad—. ¿Cómo estuvo su turno? Lo noto cansado y pálido, como si hubiera acabado de ver un fantasma.

## Exorcismo en Chapultepec

Las Lomas de Chapultepec es un sector muy exclusivo del D.F., donde viven personalidades y gentes muy ricas. En una de esas mansiones, vivía una pareja joven que tenían a una hija de unos quince años. Adriana, su hija, era una joven inteligente y bella. La familia era unida. La chica se dedicaba a estudiar y a practicar canto, su principal pasión. La joven refería que tenía una extraña sensación de Se sentía observada cuando estaba sola. Se lo contó a sus padres, pero le dijeron que era una mera impresión y que se olvidara de ello.

Adriana, continuó con sus estudios de canto, pero la impresión de ser observada continuaba en aquella gran mansión. Las cosas empezaron a escalar, hasta el punto de que amanecía con rasguños por todo el cuerpo. Cuando una mañana, su madre abrió la puerta para llevarle el desayuno y la vio haciendo una cruz invertida en su cama, fue cuando decidieron acudir a uno exorcista.

La diócesis era muy recelosa con ese tema. Finalmente, con la influencia del padre de Adriana, uno de los más importantes industriales de México, acudió finalmente el padre Moreno. Demonólogo y metafísico, quien durante muchos años fue mano derecha del Papa en el Vaticano para esos asuntos.

Se reunieron para conocer los pormenores del caso. Era evidente que se trataba de una infestación. Esto es cuando una entidad empieza su asechanza de su víctima, a la que irá hostigando hasta, finalmente, tomar posesión de su cuerpo y de su alma.

Resulta natural que, ante la evidencia de una manifestación paranormal, quienes no saben nada de esto, entren en una fase de angustia y desesperación. Algunas veces, de esto se aprovechan muchos charlatanes inescrupulosos, quienes prometen hacer una liberación, aunque no estén preparados de ninguna manera y carezcan totalmente de fe.

El padre Moreno sugirió realizar la liberación lo más rápido posible, la mañana en que la mamá de Adriana lo llamó pues la encontró levitando en medio de su habitación.

—Estas fuerzas invisibles, a pesar de que no resulten concretas ante nuestros sentidos, tienen gran poder y son capaces de destruir muchas vidas —le dijo el padre Moreno a la madre de Adriana.

Para realizar un exorcismo o liberación, es necesario tener presente el tiempo. No es recomendable dejar pasar mucho, dijo el padre Moreno. Entre más rápido podamos tener la ayuda de Dios, todo saldrá mucho mejor.

El padre llegó a la casa al amanecer de un Domingo de Resurrección. Todos se encontraban rodeando a la jovencita. Orando. Con rosarios y crucifijos bendecidos con agua bendita.

La mansión donde vivía Adriana junto a sus padres, al parecer, según investigaciones del grupo del padre Moreno, había sido décadas atrás, testigo de rituales de tipo satánico, lo que hacía que, para estas entidades, fuera una suerte de imán que las atraía. Era como el olor de la sangre para una jauría de lobos, les dijo el padre.

Al entrar a la casa, percibí una opresión en el plexo solar —les dijo el padre Moreno—. Mi cuerpo es una alarma que tiene Dios para percibir las presencias del maligno; con mis sentidos y mis órganos, puedo sentir qué nivel de poder de hacer el mal tienen.

Adriana estaba llorando, angustiada. El padre le dijo que rezara. La joven refirió que a veces podía escuchar un gruñido y veía sombras que la asediaban en la noche. En la adolescencia, era según las palabras del padre, muy común que los demonios intentasen asediar y poseer cuerpos y almas jóvenes, ya que tienen todo el poder y la fuerza potencial para realizar todos los planes mucho más fácilmente. Pues son una suerte de vehículo de lujo con el que se mueven en el plano tridimensional.

—Esta es una edad que los convierte en presa de estas entidades. Las inestabilidad psicológica y emocional, las atraen a estas entidades como moscas a la miel. Debes estar tranquila en la sangre de Cristo Todopoderoso, hija —la tranquilizó el padre.

En cada rincón había salvia y agua y sal benditas. Cuando empezó el exorcismo, las paredes parecían estremecerse. Un ruido como de un gruñido que salía debajo del suelo, ensordeció a todos los presentes.

—Vade retro Satán —dijo el exorcista, lanzando agua bendita—. Domine Jesus, rex glorie, filium Deum omnipotens, creatorem celum et terra. Exorcizo te, omnis spiritus inmunde, in nomine Dei.

Adriana gruñía, sufría a medida que el padre profería en latín las órdenes a las entidades demoniacas. Cayó al suelo y empezó a convulsionar violentamente.

—In hoc signus sancta crucem, quod nos fronti ejus damus, tu maledicte diábolo, numquam áudeas violare. Per eudem Christum Dominun nostrum, Amen —dijo en latín el exorcista, mientras la jovencita se retorcía como un insecto al que se le echara sal encima.

Al volver en sí, Adriana, contó que veía sombras y escuchaba lamentos en un lugar oscuro y con llamas donde los cuerpos no ardían. Tenía tres marcas del ataque y estaba sangrando su frente, como si tuviera estigmas. Había en su espalda tres rasguños, que eran, aparentemente, producidas por un animal.

—Muchos de los ataques de entidades demoniacas, toman la forma de animales salvajes como lobos, perros, panteras —explicó el padre—. Esto significa que esta entidad tiene una gran fuerza y poder, y de ese modo, intenta amedrentar y generar miedo en sus víctimas.

—¿Por qué, padre, por qué tenía que ser Adriana? —preguntó la madre de la joven.

Las legiones demoniacas, rigen a los entes del inframundo —explicó el padre Moreno— y también pueden llegar a tener ascendencia sobre espíritus desencarnados que cometieron actos atroces o se suicidaron. Cuando no pueden retornar ni huir de su estado, entonces se someten a Lucifer, pero el poder de Cristo, es superior al de Satán y sus huestes. Estas entidades demoniacas siempre quieren tomar posesión de cuerpos y objetos. En ocasiones, aunque se hagan rituales de liberación y exorcismos, no resulta posible logar que la entidad demoniaca se desprenda un lugar, haciendo que muchas veces sucedan tragedias o incluso haciendo que sus habitantes cometan suicidio.

—In Nomine Patris, Filius et Spiritu Sancto —siguió con el rito de liberación en latín— No podrás vencer la cruz, Satanás, porque estamos del lado de la luz de Cristo —le decía—. A pesar de hacerlo con todas las fuerzas de mi cuerpo, la lucha contra el espíritu de oscuridad, hace que la batalla sea extenuante para el cuerpo.

Un olor a carne podrida mezclado y azufre, empezó a sentirse. Adriana se quejó de dolor de riñones y de cabeza. El equipo del padre tomó varias fotografías para documentar el ritual, para dar fe de la realidad que constituyen los ataques demoniacos.

Al final, cuando el padre le pidió al espíritu que se identificara, dijo que era un sacerdote satanista que había ejecutado a muchos primogénitos, sacándolos de las entrañas de sus madres gestantes y luego, reduciéndolos a cenizas y emparedándolos, del mismo modo que hacían los aztecas en sus rituales de sangre, dándole al señor del inframundo una pura y limpia. Era un hombre millonario y que usaba a las jovencitas para nutrir su demencial pasión por los sacrificios de sangre.

El padre Moreno, les dio la comunión a todos los miembros de la casa y santificó cada rincón. Dejó abierta una Biblia con el Salmo 91 y una botella de agua bendita en la entrada de la casa. Les dijo que, ante cualquier rebrote de posible infestación, se comunicaran con él.

—No hay que darle espacio al maligno de que tome control de nuestras vidas —advirtió—. Siempre deben abrir primero su corazón a Cristo y Dios Todopoderoso. Ante cualquier indicio de debilidad, aprovechará para poder meterse en sus espíritus y sus cuerpos.

Las cosas se calmaron durante un buen tiempo, hasta que Adriana, antes de salir de la secundaria, se enroló con un típico chico malo, con tatuajes, pelo largo y que andaba en moto. Siempre se vestía con chamarras de cuero negro y botas. Era simpatizante del nacionalsocialismo alemán.

La familia tuvo que volver a llamar al exorcista, pues el espíritu volvió con más violencia que antes. La paz que ganaron la perdieron de un momento a otro. Había discusiones y se llegó a poner incluso violento el padre con Adriana.

—Dios sabe lo que hace —le dijo el padre—. Quizá ese no es el lugar para ustedes, y deben buscarse otro. Oraré por ustedes. Y pediré mucha paz de parte de Dios.

Con el paso del tiempo, luego de mudarse de casa, Adriana al fin dejó a aquel muchacho. Corrigió su rumbo y continuó con su aprendizaje de canto y tomando lecciones de ballet. Pero en las sombras siempre está acechando el maligno ante la debilidad. Por ello, les recomendó el padre, era necesario mantener la fortaleza espiritual para evitar caer en la tentación del mal.

Luego de varios años, cuando ya había viajado Adriana a Europa para perfeccionarse como artista, de nuevo el padre Moreno fue llamado por los habitantes de la misma casa en Lomas de Chapultepec. Se repetía el mismo patrón, pero con un chico de unos catorce años. Estaba en la secundaria y era rebelde; fumaba, bebía y tenía adicción por la pornografía. El padre Moreno acudió a la casa y parecía que se repetía un bucle temporal demoniaco. Salió cansado de allí, ya debilitado por los años, pidió a la diócesis que le enviaran a un nuevo sacerdote especializado en exorcismos.

Se llevó a cabo el rito, casi de forma idéntica a cómo lo había realizado casi diez años atrás.

Luego de terminarlo, el padre Moreno, manifestó que se sentía enfermo y tuvo que ser recluido en un hospital.

Cuando estaba en su lecho de muerte, el padre que lo relevó en su tarea, fue a darle la extremaunción y a escuchar su confesión.

—Vade retro —murmuró el padre Moreno—. Se ha presentado en forma de macho cabrío, aquí está, en la puerta, mirándonos desde el umbral. Con la espada del Arcángel San Miguel te buscaré y te cortaré la cabeza —advirtió—. No podrás completar tu tarea diabólica mientras yo esté de lado de los ejércitos del bien y de la luz.

En el momento en que el padre Moreno dio su último aliento, un lamento, como el de un lobo herido, se escuchó en el cuarto. El crucifijo que estaba en la cabecera de su lecho, cayó y quedó boca abajo.

# El chupacabras

Mi nombre es Roberto. He trabajado como médico veterinario en zonas rurales de distintos países. He visto una gran variedad de animales en mi carrera, que ya tiene varios años y puedo decir que, lo que voy a contar aquí, nunca lo había visto en laboratorios ni en prácticas de campo. Al menos yo no conocía aquello, que no estaba registrado en ningún libro de anatomía veterinaria.

Luego de graduarme en una prestigiosa universidad de los Estados Unidos, una compañía me contrató para llevar un medicamento experimental en diferentes países de América Latina. Primero estuve en México, donde conocí de primera mano, a ganaderos que producían una de las mejores carnes de toda Norteamérica. Estuve en Costa Rica y en Nicaragua, probando comida y conociendo las culturas indígenas de esta zona del mundo. En la mayoría de los países en que estuve trabajando y viviendo, se rumoreaba a través de las leyendas y la cultura popular, sobre la existencia de un ser que se ensañaba con los animales de pastoreo, particularmente con vacas, toros y cabras; eventualmente, se encontraban cadáveres de perros, cerdos o gatos, pero, resultaba algo interesante ver la selectividad mostrada por esta rara especie de animales.

En una finca en Guatemala, un ganadero me contó en detalle lo sucedido con media docena de sus mejores reses, que exportaba a otros países y que era su sustento principal:

«Yo suelo levantarme antes del amanecer. A las cinco de la mañana, ya estoy realizando mis labores diarias, consistentes en verificar el ganado, darles medicina, comida y realizar el ordeño de las vacas. Esa madrugada tuve un sueño inquieto: en mi pesadilla yo veía cómo, en medio de la noche, aparecía un enorme platillo que tenía colores alrededor. Sus luces deslumbraban la vista y lo que podría llamarse el motor, emitía un zumbido que hacía que uno cayera en un sueño profundo. De repente, en el sueño, me quedo mirando aquel platillo, cuando sale del centro una luz blanca que me deslumbró. Yo me cubrí los ojos para apaciguar el resplandor. Cuando la vista se acostumbró a aquella luz, pude ver claramente cómo eran absorbidas por ese chorro de luz, seis vacas. Entonces yo empecé a gritar, tomé mi escopeta y empecé a disparar, hasta que la luz se apagó y desapareció en medio de la noche tan rápido como había aparecido. Desperté después de esa pesadilla. Estaba revisando las reses, como le venía contando, del mismo modo que lo hago todas las mañanas, casi desde que tengo uso de razón. Al llegar al establo eché en falta a las seis vacas. Las llamé, silbando, pero no recibí ninguna respuesta.

Al salir al descampado, las encontré, pero no como podía uno imaginarse. Estaban totalmente abiertas por la mitad, como si alguien hubiera venido con un bisturí y les hiciera una cirugía o algo así, yo no soy muy entendido en esas cosas de veterinaria, usted me perdonará. Me llamó la atención que no tenían prácticamente sangre alrededor, porque cuando se sacrifica a un animal tan grande, el chorro de sangre es igualmente proporcional al tamaño».

Ese fue el testimonio que me dio aquel campesino en Guatemala, y del que decidí tomar registro auditivo a través de grabaciones que siempre hago, porque en la mayoría de la comunidad científica, esto es un tema que produce risa y burla. Nadie se lo toma en serio. La mayoría de los facultativos que conozco, suelen hacer bromas sobre el tema del chupacabras, achacándolo a mentes débiles, ingenuas y que se dejan intoxicar fruto de su ignorancia.

—Doctor —me dijo entre carcajadas un colega—, tiene que dejar de creerse en esos cuentos típicos de las series estadounidenses. Lo que hay tras esos casos es una red de abigeato de órganos, probablemente, dedicados a hacer exquisitas frituras y longanizas para venderlo a los extraterrestres en el mercado negro.

Yo, a partir de las evidencias que he recabado personalmente, he intentado sistematizarlo en un libro. Pero como he dicho, corro un gran riesgo de ser ridiculizado y vapuleado por la comunidad científica veterinaria. En mi siguiente viaje a República Dominicana, los registros que recogí sobre esta criatura, se mezclaba con la tradición africana haitiana, vecina con este país. La mayor parte de la culpa se la achacaban los estancieros a los negros que trabajaban para ellos. Razón por la cual terminaban echándolos, sin explicación alguna.

«Empecé a sospechar de los empleados haitianos que tenía, porque resulta que ellos, no digo que todos, pero sí la gran mayoría, suelen realizar ritos de sangre con sacrificios animales. Así que mi intuición me llevó a levantarme antes de tiempo para espiar qué era lo que ellos hacían. Llevé conmigo una pistola, por si acaso. Repetí la rutina durante dos o tres semanas, hasta que una madrugada, porque esto siempre pasa en medio de la noche, nunca a la luz del día, escuché gruñidos y pensé que eran perros salvajes. Me acerqué despacio, hasta el abrevadero de las bestias y distinguí una silueta pequeña y con ojos amarillos brillantes. "Quieto ahí o te fulmino, hijo del demonio", le grité. La figura se movió inquieta y yo disparé hasta descargar toda la munición de la pistola. Cuando me acerqué para ver qué pasaba, encontré dos de mis cabras, que eran las que me daban la mejor leche para venderla aquí en el pueblo, totalmente destripadas. Pero era algo muy raro, porque les sacaban las vísceras, pero los huesos y los cuartos traseros, la cabeza, las patas y la cola, estaban intactas. No sé cómo explicárselo a usted: solamente extraían corazón, pulmones y las tripas, pero el resto estaba en su lugar. Es algo muy raro. Al otro día despedí a todos los haitianos que tenía trabando, aunque me tocara hacer el trabajo a mí solo, dije, no les voy a dar la oportunidad de robarme mi ganado».

Los dos relatos, de dos campesinos separados por las aguas del Caribe, me movieron a quedarme en República Dominicana para registrar por medio de cámaras y tecnología, los incidentes que referían prácticamente todos los ganaderos de la zona caribeña. Le pedí al ganadero que me permitiera instalar cámaras infrarrojas, sensores de movimiento y micrófonos de alta sensibilidad para poder dar con el misterio del chupacabras. Esto entusiasmó mucho al ganadero, pues se imaginó que saldría en los principales pasquines televisivos de su país y se haría famoso y millonario, desde luego.

Los equipos se encendían al atardecer y durante la noche entera monitorizaban cualquier movimiento. Así que, durante una semana, revisaba los movimientos de las reses y cabras, sin que hubiera ningún sobresalto. Fue luego de una noche de luna llena, que pude observar movimientos extraños en los establos. Una silueta pequeña, de no más de cincuenta centímetros, parecía moverse entre las patas del ganado. Al revisar las cámaras infrarrojas, se podía ver que no emitía calor. Registraba el tono del espectro azul casi oscuro, es decir, que parecían estar hechos de hielo. Decidí verlo con mis propios ojos yendo hasta el establo.

Cuando entré todo estaba en total oscuridad. Encendí las luces, pero no había nada. Al volver a la zona de monitoreo, volví a ver aquella silueta oscura que fui a buscar y no encontré. ¿Qué podía ser aquello?, me pregunté. Le dije al ganadero que me ayudara a dar con aquel ser.

—Yo estaré del otro lado del establo —me dijo—. Solo tiene dos salidas: usted estará en la otra. Está rodeado.

Sigilosamente regresamos; aunque la cámara registraba la silueta, a simple vista no se podía ver, ni encendiendo la luz. Era invisible a nuestros ojos.

—¿Puedes verlo? —pregunté.

—No, aquí no hay nada —me dijo el ganadero.

En el monitor la silueta se aproximaba a una de las cabras, rodeándola y luego desapareciendo por debajo. El animal se desplomó. Le advertí al ganadero, quien, al llegar al punto, encontró a la cabra, del mismo modo que los animales en otras granjas de distintos países del Caribe.

El ganadero decidió formar una cuadrilla para capturar al chupacabras. Así, se reunieron cerca de una docena de campesinos y lugareños desesperados por darle fin a esa criatura que estaba desfalcando sus finanzas, destripando a sus reses y cabras cada noche desde hacía varios meses.

—¡Vamos a cortarle la cabeza a esa cosa! —dijo uno de ellos furioso.

Les advertí que había que tener mucho cuidado, pues no quería que lastimara a alguien.

Montamos guardia esa noche ante el establo. Todos estaban armados de machetes, picas, pistolas, escopetas. Cualquier cosa que viva que entrara en el establo, de seguro, no saldría de allí esa noche. Cerca de las tres de la mañana, cuando todos dormitaban, el monitor me indicó que la silueta se hallaba de nuevo en el establo. Entonces di la señal de advertencia. Todos se prepararon para entrar en el momento justo para lanzarse encima del chupacabras y terminar con la pesadilla.

—No entren sino hasta que yo les diga —advertí—. Esa cosa parece que lee la mente, pues aparece y desaparece a su antojo.

Uno de los lugareños, quien había perdido todas sus cabras en menos de una semana, estaba desesperado, lleno de rabia. "Lo voy a matar, lo voy a matar y jugaremos fútbol con su cabeza", dijo furioso. Le pedí calma: estábamos tan cerca de conseguirlo que no podíamos echarlo todo por la borda por un impulso. La silueta se acercó a una de las cabras, entonces les dije que entraran, iluminando con linternas. El ente rodeó de nuevo a uno de los animales, desapareciendo de idéntica manera a cómo lo hizo con la cabra de la noche anterior.

Fue cuando se escucharon los disparos. Cuatro en total. Al encender las luces una cabra estaba destripada y otras dos muertas. Pero no había sino un rastro de gotas de sangre que se perdían en medio del establo.

—¡No, no puede ser! —se escuchó un grito.

—¿Qué sucedió? —pregunté

En medio de las dos cabras muertas, estaba Pepe, uno de los estancieros con un tiro de escopeta en la cabeza. Fue una tragedia que se llevó la vida de uno de los pobres lugareños que intentaban sobrevivir de los productos derivados de sus animales. La muerte del hombre, aplacó la furia del chupacabras, pero, unos meses después, volvió a atacar con mayor violencia que antes.

## Un fantasma en el trabajo

Hace un tiempo fui guardia de seguridad nocturno, de un almacén de grandes superficies. Básicamente tenía que hacer la ronda, verificar que todo estuviera en orden hasta que se reiniciaran las labores al día siguiente. El tiempo pasa lento en ese trabajo. Algunos compañeros solían llevar algo para hacer durante las horas quietas de la madrugada, cuando el sueño empieza a acechar; pero no solo el sueño, como van a ver a continuación en este relato de primera mano. Mi horario de trabajo era siempre el mismo. Esto quería decir que yo tenía todo el día para mí, pero cuando caía la noche, me desplazaba a mi trabajo, que está en la zona industrial, en las afueras del D.F, México.

Me la llevaba muy bien con los compañeros de trabajo. Una chica, Esperanza, entabló rápidamente confianza conmigo. Yo conversaba con ella antes de que ella saliera y cuando yo estaba entrando a trabajar. Hablábamos de la familia, de los hijos y de las aspiraciones que teníamos. Nada extraño. Sin embargo, empecé a notar que Esperanza ya no estaba siempre dispuesta a hablar conmigo. Parecía siempre afanada y con ganas de salir rápido. Aunque al comienzo no le dije nada, una tarde me sinceré con ella.

—Hola, Esperanza, quería saber si, ¿acaso pasa algo conmigo? —le pregunté.

Ella me dijo que no, que luego hablaríamos y salió apresuradamente. Se me extrañó, pero igual, seguí en mi trabajo. Esa noche tenía que hacer un inventario de elementos de seguridad en una de las bodegas principales de la empresa. Así que me dispuse a trabajar. El tiempo pasó mucho más rápido que de costumbre. Cuando reparé qué horas eran, me di cuenta que iban a ser las doce de la noche. Mi trabajo comienza a las seis de la tarde y termina doce horas después, es decir, a las seis de la mañana.

Me encontraba en la sala comunitaria, donde todos nos reunimos para comer. Puse mi cena en el horno microondas y revisaba videos en Facebook y publicaciones divertidas. Estaba comiendo, cuando escuché que alguien me llamó por mi nombre. «José, ven», dijeron. Pedí un momento para terminar de comer, me levanté para lavar el recipiente y guardarlo. Entonces me dirigí a la sala de control central de seguridad. Ahí estaba Jorge, mi compañero.

—Hola, bro, ¿me necesitabas? —le dije.

Jorge levantó la vista, pues estaba haciendo su informe mensual. Puso cara de extrañado.

—Wey, ¿es que andas pistiando en el trabajo? Ven déjame oler tu aliento.

Siempre he sido muy responsable en mi trabajo, por lo que me ofendí con lo que me acababa de decir mi jefe.

—No te pases, Jorge. ¿Cómo crees que yo voy a beber en el trabajo? Ni de madres —respondí.

—¿Cómo es eso que yo te llamé? Si yo llevo desde que entré haciendo este pinche informe. No me salgas con mamadas y vuelve a la bodega, que necesito los datos para ver si al fin termino con este informe —contestó Jorge.

Hice de cuenta que no había pasado nada y retorné a la bodega. El resto de mi turno de trabajo terminó sin problemas. Sin embargo, noté que estaba más cansado que de costumbre al irme a descansar luego de mi turno. Dormí casi hasta que tenía que ir al autobús para volver a mi trabajo.

Me encontré con Esperanza justo al entrar. Ella se disculpó conmigo y me explicó que era lo que pasaba, porqué notaba que cambió su actitud hacia mí.

—Hasta hoy trabajo en esta empresa —me dijo Esperanza.

Puse cara de sorprendido. Ella era una de las trabajadoras con más tiempo, una de las más veteranas, ya que estuvo en la inauguración de la cadena de supermercados. Por eso me extraño que se fuera, así de un momento a otro.

—¿Y por qué? ¿Tuviste problemas con alguien?

—No, para nada; al contrario, nadie quiere que me vaya de la empresa —contestó.

—Entonces —repliqué—, se puede solucionar todo hablando, ¿no?

—Creo que esto no —dijo Esperanza—. Podemos hablar si quieres un momento sobre el tema.

Esperanza me contó la verdadera razón por la que se iba. Un par de días atrás, tuvo que quedarse a trabajar porque debía presentar el inventario mensual de su área. Así que quedó sola. «Serían como las ocho de la noche y me levanté para servir un café en la máquina. Volví a mi trabajo y dejé el café caliente todavía, al lado de la computadora, mientras iba al baño. Al volver, el café estaba en el suelo y los documentos del inventario, estaban tirados y manchados. Pensé que la culpa había sido mía por dejar el vaso al borde del escritorio. Recogí el desastre y volví a mi trabajo, con la esperanza de terminar o adelantar lo más posible el inventario para proseguir al día siguiente. Entonces, cuando ya me dispuse a organizar mis cosas para pedir un servicio de transporte por la aplicación, escuché que alguien me llamó. "Esperanza". Me levanté y fui al pasillo que estaba totalmente a oscuras. No había nadie. Seguro estoy muy cansada, me dije. Cuando apagué la computadora y cerré la puerta de la oficina, me di la vuelta para salir y pude ver a un hombre vestido con un overol que estaba mirándome. Entonces grité. Salí corriendo buscando la salida».

—Órale —comenté—. Pues la verdad que está bastante feo el asunto. A mí me pasó algo parecido anoche, pero pues eres la primera persona a la que le cuento, porque se lo dije a Jorge y él, pues de plano no me creyó; hasta me preguntó si estaba pistiando en el trabajo, imagínate.

—No quiero pasar un minuto más aquí —dijo Esperanza—. Quisiera seguir trabajando, pero no puedo: ¿así quién trabaja?

Nos despedimos y quedamos en que seguiríamos hablando, aunque ya no fuéramos compañeros de trabajo. Esperanza me deseó suerte: «Que Dios te bendiga. Cuídate mucho», me dijo y antes de irse, se quitó una medalla que llevaba colgada de su cuello. «Mira. Tómala: es la medalla de San Benito, que aleja todo demonio y entidad maligna».

Aunque siempre he sido escéptico, la guardé en mi bolsillo. Registré mi hora de llegada en el reloj y me encaminé a seguir con mi trabajo. Hay que tener más miedo de los vivos que de los muertos, pensé. El rumor de la razón por la que había renunciado Esperanza, tenía alterados a muchos trabajadores. Jorge, mi compañero y jefe, me dijo luego de entrar al turno:

—¿Tú crees en ese cuento que te dijo Esperanza?

—Pues no comprendo para qué inventarlo si se quería ir; podía renunciar sin darle explicaciones a nadie —contesté.

Tenía que entregar el informe antes de finalizar mi turno, por lo que me encaminé a la bodega a continuar trabajando. Estaba transcribiendo el informe, cuando escuché que se encendió el motor del montacargas. De inmediato me levanté. Al llegar al sitio, estaba todo en silencio. En la bodega se guardan los alimentos como cereales, frijoles, arroz, enlatados y refrescos. El montacargas que se usa para mover esas cargas, se apaga siempre cuando termina el último operario. Así que esta posibilidad no es plausible. De todos modos, verifiqué con la linterna si había alguien más allí. Llamé a Jorge por el radioteléfono. Le pedí que se acercara a la bodega para notificarle lo que había sucedido. Me dijo que en una media hora lo haría, pues estaba bastante atareado dándole punto final al informe.

«Mientras voy, pásate por el resto de bodegas para hacer la ronda nocturna y nos vemos en la sala para tomar café», respondió Jorge.

Hice lo que tenía qué hacer. Los pasillos y las bodegas de los almacenes, cuentan con un sistema de circuito de televisión y sensores de movimiento, que hacen que las luces se enciendan siempre cuando alguien se mueve. A medida que caminaba por el largo pasillo a oscuras, las luces que iba dejando atrás iban apagando, lo que hacía que la siguiente se encendiera hasta que, al llegar al final del mismo, donde solo una luz me iluminaba.

Al abrir la puerta para dirigirme a la siguiente bodega, giré mi cabeza al pasillo y pude ver el reflejo entre los dos ventanales que están contrapuestos, la figura de un hombre de overol. Entonces me regresé hacia el lugar.

—Oye —le dije— ¿Quién eres tú, wey? No puedes estar aquí: esta es propiedad privada. ¿Cómo entraste aquí?

Al llegar al lugar, el hombre había desaparecido. «¿Wey, ¿dónde estás?» Busqué en la bodega principal, pero se hallaba sola.

Me comuniqué con Jorge y le dije que tenía que venir. Cuando llegó, me extrañó su aspecto: estaba blanco como la cal. Su frente estaba perlada de sudor. Temblaba.

—Hey, parece que acabaras de haber visto un fantasma —le dije bromeando.

—Pues eso es lo que acabo de ver —dijo Jorge.

—Explícame —le pregunté intrigado.

—Estaba haciendo el informe, cuando me llamaste. De pronto escuché un golpe a mis espaldas. Era un ruido como si se hubieran caído todas las cajas y las vajillas y cristales en el interior de las cajas. No te imaginas el ruido que hizo esa madre —relató Jorge—. Entonces, al asomarme al lugar del que provino el ruido, vi que alguien parecía estar en medio de las cajas. Me acerqué y cuando pregunté quién anda por ahí, brother —dijo y empezó a temblar—. Era la cabeza de un obrero con su casco y todo, pero el cuerpo, estaba del otro lado, me saludaba con la mano, wey. Yo tampoco trabajo más aquí, me largo ahora mismo.

—¿Cómo? Eso no puede ser, Jorge —lo tranquilicé.

No acabé de decir esto, cuando la puerta principal sonó y se activó la alarma. Fuimos corriendo al cuarto de control. En los monitores de las cámaras vimos cómo las puertas de todas las bodegas se abrían y se cerraban solas; las luces se apagaban y prendían. Lo que más nos aterró fue ver cómo el brazo del montacargas se movía. Hicimos un acercamiento con la cámara. Lo que ambos vimos, nos llenó de terror. Era la imagen del mismo obrero con el overol que vimos Esperanza, Jorge y yo. Salimos de aquel lugar en ese preciso instante y nunca más volvimos.

**Cita de ultratumba**

Todos los sábados voy a ver a Luis, mi amigo del alma. Usaré ese nombre para identificarlo a quienes escuchen esta historia, pero desde luego, ese no es su nombre real. Lo conozco desde que tengo uso de razón. Crecimos juntos. Fuimos juntos al colegio. Jugábamos fútbol todos los domingos por las tardes. Terminamos la secundaria y fuimos a la facultad a estudiar la misma carrera. Los padres de Luis, parecía que también fueran los míos. Su casa era prácticamente la mía. Siempre tuve la puerta abierta. Todo esto cambió de repente, como la mayor parte de las cosas en la vida. La historia que voy a contarles, sucedió. No quiero decir lugares.

Como dije, estaba muy unido a Luis. Desde que lo conozco, fue el típico muchacho deportista, atlético y buen estudiante. Siempre ocupaba los primeros lugares en rendimiento académico en la secundaria y en la universidad. Muchas chicas querían salir con él, pero siempre interpuso sus obligaciones a los placeres. Conocí un par de novias a lo largo de su adolescencia. Vivíamos en el centro de la ciudad. Una capital de cualquier país de América Latina que se puedan imaginar. Así que resultaba sencillo salir los fines de semana a divertirse. Entrar a un bar o ir a una discoteca para bailar y conocer alguna chica. Convencí a Luís de salir a tomar algo y luego a una discoteca que era muy famosa. Estaba cerca a nuestro lugar de residencia. Era el lugar de moda y allí acudían jóvenes a socializar bailando y conversando, con el fin de establecer quizá alguna relación duradera.

Era un sábado de verano. Hacía calor. Luis tenía un par de días de descanso, por lo que le insistí para que se relajara. "Vamos a ese lugar —le insistí—. Verás qué bien la pasamos. No está nada mal ir a ver chicas bonitas. ¿Opinas lo contrario?". Luis sonrió. Luego de insistirle, finalmente, optó por ceder. "Está bien. Pero solamente quiero ir a bailar. No tomaré licor —aclaró—. Sabes que no me gusta la sensación de perder el control del sentido de la realidad".

Llegamos en un hermoso automóvil que el padre de Luis le prestó, sin ningún problema. Confiaba tanto en él, que incluso nos dio dinero para que tomáramos unas cervezas e invitáramos a unas chicas a comer algo. El viejo Mustang modelo 1966 rojo, era la adoración del padre de Luis. Sin embargo, quería tanto a su hijo, que no tuvo ningún problema en prestárselo, pese a que apenas empezaba a conducir, gracias a las clases que estaba tomando. La discoteca tenía un servicio de valet parking, por lo que, al llegar, un joven bien vestido, tomó el automóvil y lo aparcó por nosotros.

Desde el primer momento, pude notar que varias chicas se fijaron en Luis por su altura y su aspecto atlético: medía casi 1.80, de ojos azules, cabello rubio, ancho de espaldas y con sus brazos macizos, pues desde niño practicaba natación, basquetbol, fútbol y alzaba pesas.

—Creo que saldrás de aquí con tu futura esposa —bromeé con Luis.

Por primera vez lo vi sonriendo. En una de las mesas pude ver una chica muy hermosa que no le quitaba los ojos de encima a mi amigo Luis. Era una joven de cabello negro, ojos profundos, piel blanca salpicada de pecas y un cuerpo muy hermoso; llevaba una diadema amarilla y sobre su vestido corto rojo, que dejaba ver sus largas piernas, tenía un abrigo, pues, aunque era temporada veraniega, en nuestra ciudad las noches suelen ser muy frías, ya que la ciudad está flanqueada por montañas, que hacen que desciendan corrientes de aire que soplan muy fuerte por las noches. Ella coqueteaba con Luis mientras sorbía una malteada de fresa.

La noche hizo su entrada, exaltando los ánimos de los jóvenes que movieron sus cuerpos oscilando al ritmo de la música trepidante que sonaba. En la pista de baile, la chica del traje rojo se convirtió en el centro de todas las miradas bailando sola. Su energía parecía inagotable. Luis, que parecía apático, se entusiasmó con la chica. Le dije que se acercara a hablar con ella, pero, con su timidez, yo sabía que era imposible que lo hiciera por cuenta propia. Así que yo decidí hacerlo, darle una mano a mi amigo para que pudiera tener una cita con esa chica hermosa que estaba sola en medio de tantos hombres que la cortejaban.

Luego de unos minutos sentado hablando con ella, finalmente aceptó. Yo me levanté y le dije a Luis que ella lo esperaba en su mesa. Me fui a bailar el resto de lo que quedaba de la noche, despreocupándome de mi amigo. Estará en buenas manos, me dije. Parece una chica buena, porque no ha manifestado interés en tantos hombres que han intentado seducirla. Quizás era una de las pocas chicas tradicionales que aún quedan sobre la faz de la Tierra.

Estuve tan contento bailando y charlando con tantas mujeres, que me olvidé, literalmente de Luis. Fue él quien se acercó a mí esta vez. Me dijo al oído que le hiciera un gran favor. Le dije que por supuesto.

—Jenny me pidió que la llevara a su casa —dijo Luis— Pensé que me permitirías usar el automóvil y yo vengo a recogerte en cuanto la deje. Tendré todo el cuidado posible. Confía en mí.

Me olvidé de eso y le di las llaves. Le dije que no se preocupara por mí, que tomaría un taxi para volver a mi casa.

—Me encanta que estés disfrutando la noche, además con una chica muy guapa. Te felicito, hermano. Espero que mañana cuando hablemos, me cuentes buenas noticias sobre ella.

Luis sonrió como jamás lo vi hacerlo. Se despidió y la chica se fue con él tomada del brazo. Yo estaba en el máximo punto de euforia de la fiesta. Bailé tanto que olvidé el paso del tiempo, incluso, del espacio donde me encontraba. Me alegré por Luis. Ya era hora de que consiguiera una novia, pensé.

Un par de días después, llamé a la casa de Luis. Respondió el teléfono su madre. La saludé afablemente y le dije que si podía comunicarme con él.

—Es terrible lo que ha pasado —me dijo sollozando la madre de Luis.

—¿Por qué, qué pasó?

Fue cuando me dijo que Luis había sido internado en el hospital. No podía creerlo. Era un hombre saludable y muy racional. Que de repente estuviera recluido, fue para mí un golpe fatal. Pregunté dónde se encontraba. La madre de Luis me dijo que pasarían a recogerme y a dejar el automóvil de mi padre. Insistí en verlo primero, luego me ocuparía del automóvil.

Al llegar al lugar, pude ver a Luis. Sus ojos brillaron de emoción al verme. Pedí hablar con él en privado. Aunque se negaron, porque estaba según ellos en estado de shock, dije que yo era su primo. Entonces quedamos solos. Luis me contó los pormenores de la cita con la chica.

«Jenny me contó que estudiaba Derecho en una de las mejores universidades del país. Dijo que no tenía novio hacía varios años. Pregunté por qué y respondió que no había ninguno que le interesara de verdad. Cada vez que la acariciaba, la sentía fría. Pensé que sería por el clima que hace en la madrugada. Mientras conducía, hablaba con ella y la miraba, pero notaba que sus ojos no brillaban. Era tan perfecta, que, pensé, que no parece una mujer de carne y hueso. Eres la chica perfecta, la que he estado buscando toda la vida. Ojalá que esta no sea la última vez que nos veamos, le dije. Ella sonrió. Dijo que quería que nos volviéramos a ver. Que cada domingo podía ir a visitarla, sin ningún problema. Pregunté por qué tenía que ser el domingo. Normas de mi casa, me dijo. Le pregunté si vivía con sus padres. Me dijo que su padre había muerto hacía muchos años. Solo de vez en cuando visitaba a su madre; ella vivía sola, aunque cerca de la casa de su madre.

»Todo parecía soñado, como si esa chica hubiera sido puesta allí por alguien. Cuando llegamos, me despedí y le di un beso justo en el borde de sus labios rojos. Caminó hasta la puerta de su casa y se fue. Se encendió la luz de la ventana del segundo piso y vi su silueta. Se asomó y se despidió de mí. Arranqué y cuando iba en dirección a la discoteca, me di cuenta que ella dejó su abrigo en el automóvil. Entonces retorné y me detuve frente a su casa. Era casi el amanecer. Sabía que la discoteca estaría cerrada. Llamé a la puerta, apenado, por la hora y las circunstancias. Pero la inquietud por saber más sobre esa mujer, me hizo tocar a la puerta para hablar con la madre. Abrió una mujer madura, entrada ya en la ancianidad. Se mostró asustada al principio, por la hora. Le dije que no se preocupara. Que habíamos acabado de llegar con Jenny, pero que ella olvidó el abrigo en el automóvil. Solo quería entregárselo. Me miró como si yo estuviera loco. Incluso iba a cerrarme la puerta en la cara, pero yo la detuve, diciéndole que solo quería darle el abrigo. La mujer me abrió la puerta de su casa y me dijo que pasara.

»Entré a la sala. Me dijo que era muy tarde y no tenía nada preparado para ofrecerme. Entonces me llamó hasta la mesa de centro. Allí había una fotografía. La chica estaba en mitad de sus padres. La foto parecía vieja. Era imposible que la hubiera llevado, dijo la madre. Imposible, por qué, le pregunté. Jenny murió hace veinte años ya. Mi hermosa niña, cuánta falta me hace. Como no creía, porque le dije que incluso se despidió de mí por la ventana, me llevó al cuarto del segundo piso. Me dijo que lo dejó intacto desde su muerte. Me costó tanto trabajo creerlo, que esperamos a que amaneciera para ir al cementerio. Me mostró su tumba, su obituario y las fotografías de su funeral. Yo no pude soportarlo. Esto no puede ser posible, no me puede estar pasando a mí, ayúdame amigo.»

Luis está internado desde hace dos años en la clínica psiquiátrica. Yo lo llevé a su perdición, a conocer a esa chica muerta. Me arrepiento tanto, perdóname Dios.

## Poltergeist atormentan un hogar

Nací en Puebla. Mi familia emigró a los Estados Unidos cuando yo era un chavo, así que me he criado aquí siempre, desde que recuerdo. Vivimos en una ciudad cerca de la frontera del norte de México. La casa en que pasé gran parte de mi infancia, empezó a quedarse corta cuando nacieron mis dos hermanos menores, así que mis padres decidieron mudarse a una más grande.

Así que buscando la casa que más se acomodaba al presupuesto, hallaron una muy hermosa. Era de esas típicas casas con altillo y chimenea, habitaciones espaciosas y un sótano, que resultó perfecto para hacer juegos con mis hermanos. Tengo gratos recuerdos de esa casa. Cuando nos mudamos yo tenía cerca de cinco años o seis, ya no recuerdo muy bien. Mis dos hermanos iban en sucesión detrás de mí. Así que fue hasta que cumplí los diez años que empecé a tener recuerdos claros de lo que pasaba.

En términos generales puedo decir que mi infancia fue muy feliz allí. Mis hermanos menores decían que si yo no jugaba con el niño del traje blanco. Yo preguntaba que cuál niño, porque allí, es decir, en el vecindario, no había ningún niño que tuviera un traje blanco. Siempre mis hermanos menores afirmaban que no solo veían entrar en la casa a aquel niño de vestido blanco, sino que su padrastro era un hombre muy malo.

—Tiene un sombrero negro y bigote. Lleva unas botas con una estrella de metal en la parte de atrás, con la que le pega a Tommy, mi amigo —me decía mi hermanito, Pedro—. Tenemos que ayudarlo, no podemos dejarlo solo.

Yo me lo tomaba como parte del juego de la imaginación de mis hermanos. Así que seguía la corriente al juego, sin más. Esto era tan común que nunca me preocupaba por indagar, por ir más allá. Esto continuó más o menos hasta que yo cumplí la mayoría de edad, estaba por salir de la secundaria, si mal no recuerdo.

Era un Halloween, eso lo tengo muy claro. Fue aquel año de las Torres Gemelas. La gente estaba muy deprimida y triste, pero, a pesar de eso, recuerdo que las cosas no cambiaron en el vecindario. Estaba viendo a los chicos en el porche, dándoles dulces y bizcochos que preparaba mi madre para esa fecha. Tenían forma de calabaza y de fantasmas. Yo estaba hablando con una chica que me gustaba mucho, Margie. Era rubia y con pecas. Como dije, me encontraba concentrado en su belleza, cuando mi padre me dijo que fuera al sótano por más dulces porque se habían acabado todos. Cuando estaba entrando en la casa, me gritó

—Ah, y no se te olvide traer malvaviscos. Sé que están en el sótano, pero no recuerdo en qué parte exactamente.

Así que mientras bajaba al sótano, en mi mente, yo me imaginé besando a Margie y pidiéndole que nos hiciéramos novios para pasar el Día de Acción de Gracias con ella y la Navidad.

Busqué por todas partes la caja de malvaviscos, pero no la encontré. Cuando apagué la luz de la lámpara, una de esas que oscilan y están conectadas al techo con un cordón metálico, se encendió de nuevo cuando ya estaba llegando a la puerta del sótano. Tuve que bajar a apagarla. Pensé que estaba fallando la electricidad, ya que la casa es, como dije al principio, bastante vieja. No sé exactamente de qué época, pero era seguramente de comienzos del veinte. Volví a apagar la luz y esta vez quedó totalmente a oscuras el sótano. Ya era de noche. Al cerrar la puerta se escuchó un golpe que provenía del sótano. Abrí de nuevo la puerta y la caja que tenía los malvaviscos dentro, estaba justo en el último escalón, al lado de la puerta. Se me hizo extraño, pero no me atemoricé. Pensé si era posible que me hubiera olvidado de que estaba la caja ahí, y no la vi por pensar en Margie. En fin. Tomé la caja y volví a buscarla.

Se había tenido que ir a buscar a su hermanito. Me entristeció eso mucho, pero la esperanza que me quedaba era que volviera esa noche. No lo hizo. Mi madre nos llamó a comer y yo me quedé afuera, esperándola. Fui el último en cenar, cuando ya todos se habían ido a dormir. Estaba solo intentando olvidarme de ella, cuando vi que una de las sillas se movió violentamente. Todas las sillas están perfectamente alineadas cuando se termina de comer, porque mis padres son muy estrictos con el orden y la limpieza. Me levanté y la acomodé como si nada. Llevé los platos al fregadero para lavarlos. Cuando me dirigía a mi habitación, la silla volvió a moverse, esta vez con más violencia. Casi llegó al fregadero. La puse de nuevo en su lugar y subí, ahora sí, atemorizado para acostarme a dormir. Hice mis oraciones y dormí sin problemas.

Al día siguiente, cuando bajé a desayunar, mis padres estaban de brazos cruzados en la cocina.

—¿Nos puedes explicar qué significa esto, Richard? —preguntó mi padre señalando al suelo de la cocina.

Al bajar la mirada, vi que estaban todos los cuchillos tirados en el suelo, pero apuntando algunos en una dirección y otros en otra, formando una especie de estrella de cinco puntas. En la mitad estaba el café mezclado con la sal. Los miré desconcertados. Dije que no tenía nada qué ver con eso.

—Ahora con qué vas a salir, Richard, ¿me vas a decir que son fantasmas los que hacen esto?

—Papá, te juro que yo no he sido... anoche yo comí y...

Entonces mi padre me dio una sonora bofetada.

—¿Cuántas veces te he dicho que no jures en vano por tonterías? Te voy a castigar, Richard. Dos semanas sin salir.

—Estoy muy grande para que me castigues como si fuera un niño —respondí—. Lo mejor que puedo hacer es largarme de esta casa.

—Bien, pues adelante. Veamos cuántos pantalones tienes para hacerlo y vivir por tu propia cuenta, muchacho. Si lo vas a hacer es mejor que tomes tus cosas de una buena vez, porque las amenazas no van conmigo.

Opté por tomar mis cosas e irme de casa. Hablé con Margie. Ella me dijo que no lo hiciera, que al final los padres son los únicos que te apoyan. Dormí un par de noches en su casa y tuve que volver como un perro con la cola entre las patas.

Nunca había reaccionado así. Luego entendería por qué razón había pasado.

Al día siguiente de mi retorno, estaba cortando el césped. Estaba solo con mis hermanos. Entré a la cocina a tomar un poco de leche fría. Cuando salí, vi que la cortadora de césped se estaba moviendo sola. Entonces la desconecté, pero seguía haciéndolo. Se vino en dirección hacia donde yo estaba. Cerré la puerta y respiré profundo. Entonces fue cuando pasó lo que nunca olvidaré. Las puertas de la alacena y los cajones de la cocina, se abrieron solos. Los cuchillos salieron en dirección a mí y los platos volaron por los aires. Alcancé a ocultarme detrás de los muebles. Justo en ese instante entraron mis padres.

—¿Qué demonios pasa aquí? —preguntó papá.

—Los cuchillos salieron disparados contra mí y los platos volaron por los aires.

—¿Pero de qué carajos me estás hablando? Espero que no estés probando cosas raras, muchacho, porque de lo contrario…

Entonces fue cuando le grité

—¡Cuidado!

Su brazo alcanzó a protegerlo del cuchillo que se clavó en la muñeca. Empezó a sangrar y tuvo que envolverse para parar la hemorragia.

—¿Aun no me crees? —dije cruzado de brazos.

Mis padres son evangélicos, por lo que llamaron a un pastor para que bendijera la casa. El día que fue, dijo que sentía un olor nauseabundo y vomitó en la sala. Nunca volvió. Así que los padres de Margie, que son católicos, pues son de origen irlandés, trajeron un sacerdote que era experto en liberaciones. Desde que entró dijo que había una energía muy fuerte, negativa, posiblemente era una entidad demoníaca o varias las que pugnaban por tomar control de la casa.

—¿Entonces qué tenemos que hacer? —preguntó mi papá.

—Haré un ritual de liberación de la casa —dijo el sacerdote—. En caso de que eso no funcione, dijo, entonces tendré que recurrir a hacer un exorcismo.

—¿Y eso cuánto costará? —dijo mamá.

El padre de Margie se ofreció a pagar por todo. Le dijo que no se preocupara, que lo importante era que pudiéramos vivir tranquilos. Entonces el sacerdote acudió días después a hacer la liberación.

Ese día, la casa parecía estremecerse por causa de un terremoto. La vajilla se movía. Los platos caían y la alacena y los muebles parecían tener vida propia. El sacerdote decía palabras en latín, creo. Había un olor a azufre y carne podrida que inundaba toda la casa. Tuve que salir al jardín. Era insoportable.

Luego de varias horas de hacer el rito, el sacerdote salió blanco de la casa.

—Es una entidad muy poderosa —dijo—. He puesto agua bendita en cada esquina y sal consagrada. Deben orar mucho y no discutir, no tener peleas, ni malos pensamientos, ni ideas libidinosas ni lujuriosas. Si vuelven a sentir algo, no duden en llamarme que volveré con otro sacerdote para sacar definitivamente al Maligno de este hogar. Es la Casa de Cristo y el mal no tiene cabida aquí. Eso deben saberlo.

Luego del rito, las cosas se calmaron en la casa. No se escuchó nada, ni volaban los platos. De hecho, Margie y yo formalizamos nuestro noviazgo. Todo iba bien para nosotros. Un día mi padre discutió con mi madre muy fuerte. Entonces dijo algo que recordaríamos para siempre.

—Maldita sea quisiera que me llevara ese demonio que sacó el sacerdote —gritó.

Una semana después, sufrió un infarto cardiaco fulminante y murió. En el lugar donde estaba de pie y dijo eso, había dos marcas como de cabra sobre el piso. Parecían hechas con un hierro candente.

El sacerdote que hizo el rito dijo que eso era porque la entidad se sintió retada y eso no se podía hacer nunca. Así que decidió darle la lección a mi padre, llevándoselo, tal como lo dijo él antes de morir.

### Encuentro con una bruja

Vivo en una localidad rural de la Costa Caribe de Colombia. En esta zona es característico en la tradición oral, las historias paranormales. Duendes, brujas, chupacabras y otras entidades de ese tipo, como La Llorona y La Madremonte. Aunque me crie allí y guardo recuerdos de esa zona, fui a estudiar a la capital y me convertí en un profesor de filosofía, así que, todas esas historias me parecen ahora parte de una cultura que llevo conmigo, pero la que no me tomo en serio. Bueno, al menos no hasta ahora. Hace unos meses volví a pasar las fiestas del fin de año en mi pueblo. Es tradicional que los vecinos hagan comida y saquen sus parlantes para bailar hasta altas horas de la noche, celebrando las fiestas entre familias y vecinos.

Esa oportunidad me sirvió para retomar muchas amistades, saber qué había pasado con otras y recordar a quienes ya no están presentes con nosotros. Uno de mis amigos, que llamaré aquí Mario, me saludó afectuosamente. Desde el bachillerato no nos veíamos. De eso ya pasaron casi veinte años. Se sorprendió de verme casi intacto.

«Pareces al personaje del libro del Retrato de Dorian Grey, que no cambia, que se come los años», bromeó conmigo.

Hablamos de cómo le había ido con su vida. Mario es un hombre muy inteligente, pero que tomó malas decisiones. Le gustaba mucho el juego, las mujeres y el trago. Entonces terminó conociendo a una chica del pueblo y teniendo tres hijos con ella y dos con otra. Para sobrevivir trabaja con una moto haciendo viajes entre la capital del departamento y el pueblo. Había sufrido varios accidentes.

«Eso es culpa de las brujas, mi hermano», me dijo. «Tuve un lío por ahí con una y me hizo accidentar. Casi me parto la rodilla, pero por fortuna no pasó a mayores».

Tomé la anécdota con pinzas. Como dije al principio, las lecturas y análisis que hago de la realidad, me han hecho tomar distancia y ver las cosas desde el prisma del intelecto racional. El asunto no trascendió. Pasamos una buena velada junto a Mario y su esposa. Ya me encontraba muy cansado, así que me fui a dormir. Había bebido más bien poco. No me gusta abusar del licor. Me considero un hombre austero, pero no me creo capaz de tener una familia. Es un tema que no me gusta tocar, pero del que siempre en mi casa, mis parientes resultan hablando. Que cuándo te vas a casar, que te vas a quedar para vestir santos o santas. Yo no me lo tomo en serio. Que vas a conseguir una buena mujer que ya verás que aparece y que le ponga velas a San Antonio. La tradición popular me fascina. Por eso me aguanto los comentarios. Así que, bueno, dormí esa noche. Tuve un sueño bastante extraño. Escuchaba que caminaba un animal grande sobre el tejado de zinc. Entonces salía a ver qué era. Resultó que era un enorme toro con ojos rojos y que lanzaba vapor caliente por sus fosas nasales.

La mañana siguiente, me levanté muy cansado. Mientras me estaba afeitando, pude notar que tenía un morado en mi cuello. Lo que se conoce en mi pueblo como un chupón. Es motivo de burla entre amigos, pues suele darse en medio de la pasión íntima entre parejas. Hice caso omiso del asunto. Mientras estaba desayunando, una de mis hermanas comentó

«¿Y anoche con quién estuviste? ¡Mira, tremendo chupón que tienes en el cuello!», se burló.

Ignoré la broma y me la tomé de buen agrado. Un rato después llegó Mario y me invitó a una fiesta esa noche. «Aprovecha Alfredo», comentó mi hermana. «Ve a gozar la vida». Le dije a Mario que contara conmigo, que esa noche estaría en la fiesta.

Esa noche la luna estaba resplandeciente, amarilla, irradiaba una especie de magia indescriptible. Me sentí eufórico, no puedo explicar exactamente por qué razón. Me recibieron con unos tragos, me distendí. No niego que estaba disfrutando la noche. Estaba con mi familia, mis amigos... solo faltaba tener un amor. Es decir, conocer a un amor de verano o de vacaciones. Quizá pueda ser que los pensamientos tengan tanta fuerza, que se terminen por convertir en realidad. Estaba sentado, viendo cómo todos estaban bailando, porque yo no soy un gran bailarín, así que siempre he preferido conversar.

De pronto, vi una hermosa mujer que hizo su aparición. Ella también estaba sola. Pensé que podría conversar con ella, así que me acerqué a la mesa donde se encontraba tomando un refresco.

«Hola, ¿puedo sentarme?», pregunté. Me dijo que sí. Estaba sonriente. Llevaba un vestido corto de flores amarillas; el cabello lo llevaba atado por una liga amarilla. Era una chica morena, de cabello largo ondulado; sus ojos eran castaños claros y tenía una sonrisa fascinante, que su cuerpo armonioso, complementaba deliciosamente.

«Mi nombre es Rosario», me dijo. «Trabajo como artesana. Hago pulseras con semillas y también vasijas de arcilla, que vendo en el mercado los fines de semana»

La noche se hizo tan corta, que cuando me di cuenta, mi hermano y su esposa se fueron. Yo terminé quedándome solo con Rosario, bajo la luz de la luna. Entonces fue cuando ella se quedó mirándome fijamente. No sé qué pasó. El tiempo se diluyó cuando ella acercó su boca a la mía y nos trenzamos en un largo y apasionado beso. Iban a ser ya las cinco de la mañana. Estaba amaneciendo. Rosario me dijo que tenía que llegar a dormir porque tenía que trabajar. Le dije que me gustaría volverla a ver. Contestó que podría ser posible. No me dijo claramente que sí, ni tampoco que no. Así que quedé en la incertidumbre total. Tampoco tenía un teléfono ni una dirección.

«Todo depende del destino», me dijo misteriosamente. «Si así lo quiere él, entonces nos veremos el día que te vayas de este pueblo, sin que nos pongamos una cita».

Le pregunté por qué. No me respondió.

«Algunas cosas es mejor no saberlas», respondió y se fue. Al rato, empezaron a cantar los pájaros. Dormí. Soñé con Rosario.


El día de partir, llegó al fin. Yo no quería irme sin volver a ver a Rosario. Era algo que me guardé para mí. No quería que mi familia, ni mis amigos se burlaran de mí. El filósofo que se enamora perdidamente de una chica de pueblo. Era ridículo, seguramente, digno de una novela romántica o de una película de comedia romántica americana. Partiría a las tres de la tarde. Hice todo lo posible por demorarme más y perder el autobús que me llevaría a la capital. Intenté que el tiempo no pasara, pero era inútil. Luego de almorzar, la hora de irme estaba más cerca y no la volvería a ver, me dije, quedándome con el consuelo de haberle dado un beso bajo la luz de la luna del amanecer. No había nada qué hacer. Rosario fue una aparición, como un fantasma de una noche, pensé. Tomé mis maletas y me dirigí a la estación de autobuses. Desde la casa de mis padres hasta allá, eran cerca de cuarenta minutos a pie. Pero lo quise hacer para llevarme el recuerdo.

Estaba pasando por la plaza central, cuando escuché que alguien me llamaba. Era ella. Rosario, tal cómo me lo había dicho, estaba allí, antes de partir. Le dije que me parecía injusto. Respondió que la vida siempre era injusta. Quería volver a verla. Rosario me miró como esa noche. Nos besamos de nuevo. Dijo que no me preocupara porque yo soñaría con ella y en el momento en que menos lo pensara, ella estaría conmigo, estuviera donde estuviera.

«Quisiera estar contigo ahora mismo», le dije a Rosario.

«No es posible. Pero va a pasar», dijo.

«Pero cómo puede ser posible», pregunté. «Yo vivo en la capital, a cientos de quilómetros de este pueblo remoto».

Ella me dijo que no tenía por qué preocuparme de eso. Que el destino se encargaría de todo. No terminaba de entender ese concepto que tenía sobre el destino aquella muchacha de pueblo.

Tomé el autobús. En el trayecto no pude dejar de pensar en ella. Cuando llegué a la capital, durante varios días estuve absorto en ese pensamiento. Tengo que volver, me dije. La iba a buscar de nuevo. Entonces pedí permiso de un par de días. Mi jefe me dijo que acababa de llegar de vacaciones. Estuve pensando en renunciar si no me lo autorizaban. Finalmente me dijo que me daría cinco días. Ni uno más. Entonces tomé el primer autobús que encontré. Durante el viaje soñé con un enorme pájaro negro que se posaba en el techo del autobús y me hablaba de Rosario. Al parar, en uno de los pueblos que quedaban camino al mío, me detuve para tomar algo. De pronto la vi. Estaba allí.

«Cómo puede ser posible esta coincidencia», dije. «¿Qué haces aquí?»

«Yo te dije que el destino se encargaría de reunirnos», dijo Rosario.

No cabía de la emoción. Entonces se me ocurrió lo más sensato. Estábamos a mitad de camino entre la capital y el pueblo.

«Ven conmigo a la capital», le dije a Rosario.

«No puedo», contestó.

«¿Cómo has podido llegar hasta aquí entonces?», la indagué.

«Eso no importa ahora. Solo quería verte y vine a buscarte y te encontré», me replicó Rosario. Se levantó y se fue en el primer autobús que salió en dirección al pueblo. Aunque corrí tras este, no lo alcancé. Detuve un automóvil y le dije que le pagaría lo que fuera si seguía a ese autobús. Aunque me miró como un loco, aceptó. Unas dos horas después, el autobús en el que yo la vi subirse a Rosario, se detuvo en una parada. Me bajé y empecé a preguntarles a todos los pasajeros si habían visto a una chica con las características de Rosario. Todos me dijeron que no. Nadie la vio subir. Era imposible. No podía ser.

Entonces una mujer vieja, me miró. Tenía los ojos rojos como los del toro con que había soñado sobre el tejado. Su aspecto era horroroso. Llevaba un bastón para apoyarse y sus piernas estaban llenas de venas.

«Te dije que iría a donde tú estuvieras ¿Recuerdas nuestro beso bajo la luz de la luna?», me dijo. «Eres mío para siempre porque tengo tu alma».

## Pánico en la torre de control

No puedo dar mi nombre. Los sucesos que voy a contar, sucedieron en una Semana Santa. Me encontraba trabajando un Viernes Santo, como he dicho, en la torre de control del aeropuerto internacional. Nos encontrábamos tomando un café con mi compañero, cuando de pronto, se escuchó una comunicación con un piloto. Preguntaba si alguien lo había llamado. Nos extrañó mucho y le dijimos al piloto, que por supuesto que no. Obviamos el asunto y seguimos laborando. No prestamos mucha atención al hecho. De repente, otro piloto se comunica con la torre y pregunta que para qué se comunicaban con la nave, si había alguna alerta.

En ese punto, ya empecé a preocuparme. Nunca he creído en fantasmas ni en esas cosas que llaman actividad paranormal. Nadie nunca llegó a comentar nada al respecto si le han pasado estas cosas. Muchas veces he escuchado hablar que los espíritu y fantasmas se pueden manifestar o pueden dar esas señales porque necesitan alguien algo de esa persona que cree el espíritu que puede ayudarlo llamando su atención al asustarlo. También he escuchado decir que muchas veces los fantasmas buscan a alguien puntual.

«Dejen de jugar con las comunicaciones de la torre», dijo un piloto.

Pregunté qué era lo que pasaba. Los operadores estaban todos en su lugar. Cerramos las comunicaciones durante un minuto para corroborar qué pasaba. En apariencia todo estaba en orden.

Salí a fumar un cigarrillo a la pista. Dejé la puerta asegurada para que no se cerrara, pero al volver a ver, se había cerrado. O mejor, alguien la cerró. Me senté en las escaleras cuando pude ver que una sombra negra cruzó en dirección a la torre. Ya estaba atardeciendo, por lo que pensé que podía ser efecto de algún pájaro o cualquier otra cosa, un juego de sombras. Esperé que alguien entrara o saliera, pero como no pasó, entonces llamé a un compañero para que me abriera.

«Qué bueno que te encuentro», me dijo el compañero. «Se acaban de apagar todos los sistemas eléctricos»

«¿Cómo? Eso no puede ser», respondí.

Me llamó el jefe de tráfico aéreo, que es el segundo al mando después del presidente del presidente de la república. Estaba furioso. Cómo podía estar pasando eso, me recriminó. Que era posible que sucediera un accidente. Además, que había reportes de un objeto desconocido que reportaban las aeronaves en el espacio aéreo.

«Puede ser un drone o cualquier otro aparato, un avión de aeromodelismo», le repliqué.

«Eso no puede ser un avioncito de esos que se vuelan a control remoto», contestó molesto el jefe de operaciones. «Reestablezcan las comunicaciones y reporten qué es el objeto que están viendo en el radar. No hablen nada con medios, si no saben qué es».

Se reiniciaron todos los sistemas. Revisé todos los videos desde la mañana hasta el turno de la tarde. No había nada. No se veía nada. Los radares mostraban actividad intensa de varios objetos que surcaban el espacio aéreo. Se veían dos de gran tamaño oscilar a gran velocidad desde el noroeste al suroeste, en fracciones de segundo. A gran velocidad. Eso no era nada que se conociera en este mundo. Además, el tamaño era sorprendente. No existen drones de ese tamaño que se muevan a esa velocidad. Un avión, un drone o un helicóptero, se pueden mover en direcciones fijas, pero no hacer giros repentinos, ni ascender a velocidades que no tienen ni siquiera las grandes potencias militares del mundo. Qué vamos a decir si viene un militar, un general de la república a pedir un informe sobre qué fue lo que pasó aquel día.

«"General, eran ovnis, nada más", ¿eso les vamos a decir?», comentó mi compañero, quien manejaba el radar.

«Es un asunto de estado. De gravedad militar», contestó otro.

Revisamos las cámaras y tomamos fotogramas para poder descartar cualquier tipo de ataque o de acto terrorista. En estos tiempos, donde un terrorista puede tomar un avión y estrellarlo contra una guarnición militar o sede gubernamental, no nos podemos dar el lujo de dejar pasar una nave. Se puede hablar de ovnis con charlatanes, pero no se le puede decir eso a un general del Estado Mayor.

Si no dábamos con lo que eran aquellas naves, nuestra cabeza podía rodar desde lo alto de la torre de control. Si sucedía algo peor, entonces, nos podrían enjuiciar por traición a la patria o cualquier tipo de delito de guerra. Los pilotos seguían reportando que veían grupos de naves desplazándose a gran velocidad en dirección noreste sureste.

«Torre de control. Confirme qué tipo de naves son; están poniendo en riesgo la ruta comercial y la tripulación», dijo un piloto de una aerolínea.

Entonces sucedió lo que todos nos temíamos. Entró la llamada de uno de los generales de la Fuerza Aérea.

«Habla con el general Pérez, comandante de la Fuerza Aérea», dijo. «Es imperioso que la torre de control me informe qué tipo de naves son las que están cruzando el espacio aéreo del país en este preciso momento o me veré obligado a desplegar la potencia militar para contrarrestar esa amenaza velada con la que nos están amenazando. Repito. Identifiquen qué naves son estas o los hago responsables a ustedes. Gracias».

Entonces comunicamos a nuestro jefe que estábamos ante un evento que no tenía explicación. Paranormal, sería el adjetivo exacto. Nuestra cabeza estaba en manos de un general de la Fuerza Aérea. ¿Qué podíamos decir, que eran naves extraterrestres que estaban a punto de invadirnos? Eso sonaría más ridículo que la explicación corriente que estábamos dando. No sabíamos. Nadie lo sabía, ni siquiera los militares. Pero eso no era suficiente. Había que decir qué tipo de aeronave es y por qué se mueve de ese modo y a esa velocidad. Por supuesto que nosotros no sabemos nada de aerodinámica ni de física. Estábamos en una gran encrucijada. Así que, le dije al director general que no teníamos elementos para poder decir de qué se trataba aquello. "Era un asunto que no se podía determinar; al menos no con certeza para los operadores de la torre de control", eso fue lo que le dije.

Los radares detectaban mucho movimiento aéreo. El general dio la orden de enviar cazas para interceptar a los objetos voladores que estaban interfiriendo en el espacio aéreo del aeropuerto internacional. Aunque los cazas intentaron hacerlo, no fue posible. Dichos objetos realizaban maniobras que eran simplemente imposibles para el más avanzado avión militar. Desde la torre de control pudimos escuchar claramente que los pilotos militares estaban desconcertados.

«Mi general, le reporto que el objeto ha realizado una maniobra de giro en noventa grados en dirección azimutal. No puedo hacer lo mismo, porque si asciendo más el avión se despresurizaría. ¿Qué ordena mi general?», escuchamos al piloto del caza número uno.

El general, dejó escapar un resuello de resignación.

«Enterado, mayor. Desista de la operación y aterrice»

«Entendido, mi general».

De repente, las comunicaciones volvieron a sufrir una caída general. Esto significaba, como dije antes, la posibilidad de un accidente aéreo múltiple. Usamos la planta de energía alterna, mientras el general se comunicaba con el ministro de Minas y Energía, para darle información.

Una gran parte de la ciudad se quedó a oscuras. Las comunicaciones por radio tradicional, también parecían estar intervenidas. No funcionaban como debería ser. El pánico inundó a todo el equipo y al gobierno también. Estaba siendo puesto en jaque por parte de unas naves que no tenían claro de donde provenían. Esto es un secreto de Estado. Por eso, tengo que mantenerme en el anonimato. No podría imaginar qué pasaría si se llegase a filtrar mi información personal. Mi vida estaría en peligro inminente, pues esto que estoy revelando es un secreto de Estado. Como saber quiénes son los enemigos del país y quedarse callado.

Luego de un rato, más o menos media hora, todo volvió a la normalidad. Como si nada hubiera pasado. Nuestro jefe, el director del servicio aeronáutico, nos hizo comparecer en su oficina al día siguiente. Tuvimos que firmar un documento en que quedaba eximido él y el servicio aeronáutico de cualquier tipo de conocimiento sobre aquellos objetos que sobrevolaron la ciudad la noche anterior. El que rompiera el pacto de silencio y de confidencialidad, podría ser impugnado penalmente, es decir, que podía ser juzgado por revelar secretos de seguridad del Estado. El director nos preguntó si estábamos de acuerdo. Junto con mis compañeros, nos vimos a los ojos y asentimos.

—Muy bien —puntualizó—. Siendo así, entonces les pido que firmen estos documentos con su puño y letra y pongan en cada uno sus huellas digitales.

Estábamos condenados por saber demasiado. Desde ahora en adelante lo que vimos con nuestros propios ojos y vivimos en carne propia esa noche, estaba totalmente perdido entre las anécdotas de los que estaban locos y nadie les creía su testimonio. Estábamos anulados, muertos en vida. De hecho, al otro día de la firma del documento, fui llamado por mi jefe para que mi contrato se cancelara. Ahora éramos un grupo de delirantes. ¿Quién nos podría emplear en cualquier cosa parecida a nuestro trabajo?

Estábamos sin trabajo, luego de haber entregado varios años al estado. Así nos pagaba el gobierno.

Una semana después, recibí la llamada de un periodista.

—Señor, estoy interesado en saber si está dispuesto a contar su historia para nosotros. Le pagaremos bien. ¿Le parece bien una cifra de seis ceros a la derecha? —preguntó.

Me quedé en silencio. Pedí dos días para pensarlo. Al final, cuando me llamó, pedí que me protegieran la identidad y, de ser posible, solicitar un asilo en otro país, porque las consecuencias podían ser cualquier cosa impensable. Así que lo acordado se cumplió. Subí en un avión en la misma pista en la que había visto que varios objetos voladores sin identificación, pusieron en jaque al gobierno de mi país. No había marcha atrás. Cuando llegué a mi nuevo hogar, abrí el Internet y busqué en el canal del diario que me había hecho la entrevista. Tenía cerca de un millón de visitas en menos de un día de trasmitida. Escuché mi voz cambiada por un efecto de sonido.

«Solo nosotros fuimos los testigos de este episodio», pensé y ya no existimos.

## El cuchillo del carnicero

En unas horas mi esposa habrá muerto. No se da cuenta, sentada en su silla de ruedas con temblores que me alteran en las noches. Le traigo todas las tardes el periódico para que se entretenga al menos. Ahí, en un pasquín de cuarta categoría, escribo algunos textos, artículos para atraer la atención de la gente. La he puesto a leerlos todos. Desearía ver qué piensa. Cada mañana salgo a llenar páginas y páginas para poder llevar algo de pan a la mesa. A ella no le importa. Tiene una paga mensual de la que vive y yo veré cómo me las arreglo para pagar los servicios y la comida. ¿Entiende lo que pasa? Aunque llevamos diez años juntos, yo no la soporto ya y creo que ella tampoco a mí.

Pido a los cielos para poder tener entereza y lograr llevar a cabo mi plan.

—Señor deténgase por favor —me dice el policía.

Dudo por un momento en detenerme. Se acerca y me pide mis documentos. Me requisa. Revisa el teléfono celular

—Siga adelante —ordena.

Hace diez años exactamente, fuimos a llevar al gato al veterinario. Tenía apenas tres años y una especie de cáncer felino empezó a minarlo. No quería que padeciera. Le dije al veterinario. Estuvo con tratamiento hasta que consideró el médico que lo mejor era ponerlo a dormir. Quería más a ese gato que a ella. Me envolvía con su cola que se enrollaba en mi brazo. Me daba latigazos. Esa era la forma de expresar su amor. Hubiera querido que no muriera, para que no me dejara tan solo como estoy ahora.

Regresé. Ella estaba ahí, mirando la televisión. La miré de reojo. Le pregunté si quería comer pizza. No respondió. Lo hacía con gruñidos, mugidos como si fuera una vaca. Llevo el triángulo de pizza y la miro sin verla mientras ella está con los ojos fijos en la pantalla, como hace cinco años cuando sufrió el accidente.

Fue un accidente fortuito, pero ella piensa que yo la empujé por las escaleras. Estaba detrás suyo y llevaba una bandeja con los restos de la comida. Habíamos discutido fuerte. Me trató de inútil, de miserable, de poca cosa, de ser basura en sus zapatos porque ella tenía un gran trabajo y yo estaba desempleado. Intentaba salir adelante leyendo libros de autoayuda, hasta que me apasioné por las novelas negras.

A partir de ese momento empezó a fraguarse en mi mente la idea.

Volvió a hacerlo, le pregunto. El olor me lo confirma. Entonces tengo que volver a hacerlo. Levantarla. Limpiar. Lavar la silla de ruedas y cambiarla de ropa. Es algo insoportable que tengo que soportar forzosamente.

—Aquí está quien siempre limpia —digo—. Es lo que he venido haciendo en los últimos cinco años.

El casero siempre toca a la misma hora el último miércoles del mes. Entonces le entrego todo cuanto he conseguido esa semana, mientras languidezco con alguna comida enlatada de mala calidad. He estado tentado en tomar el primer autobús, largarme lo más lejos posible y descansar una semana completa durmiendo, bebiendo y teniendo sexo con mujeres.

Tengo que hacer un sacrificio último para poder entregarme al descanso. He estado organizando todo para cuando tenga que hacerlo nadie sospeche nada.

Entré al almacén y me dirigí a la sección de herramientas. Un dependiente me aborda. Pregunta para qué tipo de arreglo necesito la herramienta que busco. Digo que me gusta el bricolaje, hacer pequeños arreglos, pero con cierto aire profesional. Hace un ruido absurdo y luego me dice que entiende, como si pudiera entender leyendo mis pensamientos a través de mi cráneo.

Organizo mis ideas. Hago un plano en mi mente. Qué haré cuando tenga que hacer lo que he venido pensando. No lo sé aún. Estoy improvisando.

Ella quedó parapléjica exactamente hace diez años. Tuvimos que comprar una silla de ruedas y asumir su discapacidad. Ella está ahí confinada a una silla de ruedas y no puede hacer prácticamente nada. A un hombre se le acaba la dignidad cada vez que tiene que ayudar a su esposa a dejarla limpia tras ir al baño sobre una silla de ruedas.

¿Por qué no me divorcié y cobré la mitad de lo que teníamos? A lo mejor me sentía muy culpable. No tengo ni idea. A partir de mañana seré libre. Ya no puedo fingir más.

Finalmente, descansaré en paz.

Durante veinte años, ella finge leer el periódico. ¿Por qué debería ser diferente ahora? Haré cualquier cosa para evitar hablar con ella. Mi esposa, eso es. Especialmente hoy.

Me senté a ver la televisión con ella. No hablábamos. Hace diez años no era necesario.

Estaban pasando en las noticias que una madre ahogó a sus hijos en la bañera. La otra que arrojó a sus hijos a un lago. Eso es lo que parecía haber querido hacer con nuestros hijos que no nacieron.

Le acaricio la cabeza como si fuera un perro. Pienso en que la voy a extrañar de todos modos. Serví un vaso de whisky. Necesitaba relajarme y cuando finalmente pude desafortunadamente hallé que esa forma de relajarse no era la mejor. Así que no hay nada qué hacer, nada más que hacer, pienso, la decisión ya está tomada.

El dependiente me pregunta de nuevo qué superficie voy a cortar. Madera gruesa, ligera. Le digo que me deje ver qué serruchos tiene. Tengo que cortar un tronco de madera.

Entonces me lleva a un aparador donde hay muchos tipos de serruchos. Le digo que necesito cortar madera, leña. Hace un gesto de extrañeza. ¿Madera en medio de la ciudad? No tengo por qué darle explicaciones a un vendedor de una ferretería. Un hacha. La miro, la peso. No cuesta mucho trabajo llevarla. Veo un par de ellas y me decido al fin. La llevaré, le digo. La pago. Salgo con mi hacha envuelta en un papel de regalo en una bolsa de compra cualquiera. Nadie me mira con extrañeza como el vendedor. Soy otro más que compra cualquier cosa. Soy feliz.

Voy a la cocina. Abro una puerta del cajón. Ella está viendo su televisión. Noticias. Mientras tanto yo tomo un par de hielos de la nevera. Tomo dos y los pongo en el vaso. Después tomo la bolsa y subo la escalera. Bajo. Me siento a ver cómo ve la televisión. Es tarde. Son casi las diez. Estoy agotado. Pero tengo trabajo por delante. Así que voy al fregadero. Tiro el whisky y sirvo café caliente. Tomo dos. Tres tazas. Cuando estoy sobreexcitado, tanto para no dormir en una semana, entonces subo de nuevo las escaleras.

Me doy un largo baño. Pongo música. Me afeito. Elijo de entre la ropa que hay en el clóset, un overol sucio y viejo. Un par de botas. Tomo un mandil de hule. Enciendo el televisor en el mismo canal que ella está viendo. Me pongo a tono con lo que mira. Trato de meterme en su mente. Es algo que me gustaría hacer ahora mismo. Leer cada pensamiento, por ridículo y vulgar que fuera. ¿En qué puede estar pensando? Posiblemente en matarme. A lo mejor si pudiera caminar no estaría allí sentada. Estaría en cualquier otro lado menos ahí sentada. Es una tontería pensar en lo que hubiera podido pasar si ella no hubiera quedado parapléjica. En el noticiero hay imágenes de masacres, de crímenes atroces. ¿Eso le gusta ver todas las noches? Es algo raro. De cualquier manera, ya es tarde. Bajo las escaleras y decido tomar el último café de la noche. La tarea es agobiadora. Me espera una larga tarea, me digo.

Bebo el café despacio. Mirando el mismo noticiero de todas las noches por encima de la cabeza de mi esposa. No quiero pensar en nada. Solamente quiero que las cosas pasen por inercia. Así que no lo pienso más.

—Quería decirte algo, querida

Ella responde con la misma expresión animalesca, un mugido, un murmullo de indiferencia. Entonces alzo el hacha y la clavo en su cráneo. Grita. Tomo el hacha en diagonal y asesto uno, dos, tres, cuatro golpes certeros. Sigue gritando, pero ahora, sus mugidos están ahogados por que no puede proferir gritos. Me esfuerzo más. Golpeo dos veces más, hasta que empieza a manar un chorro tibio de sangre de su cabeza, llenando la moqueta de una sustancia pegadiza. Corto su cabeza y la pongo en la bolsa de hielo. El hielo hace que se congele la sangre y no fluya. Esto da más tiempo para poder salir de la ciudad, deshacerme del cuerpo y eliminar todos los rastros de que hubo en algún momento una mujer parapléjica en silla de ruedas en ese hogar. El plan era trocear el cuerpo, como se trocea la carne en los supermercados. Estuve viendo videos sobre cómo se debía hacer correctamente.

La sangre corría sin parar. Entonces la envolví en una alfombra. Cargué su cuerpo hasta el baúl del auto. Primero tenía que abrir la llave del gas. Dejarla por un tiempo. Unos minutos quizá. Nunca había hecho algo parecido. No tengo idea de cómo volar una casa con gas.

Entonces decidí encender una vela y ponerla justo sobre la televisión, que siguió pasando noticias de todo el mundo. Arranqué el automóvil. Cuando estaba a unos cien metros de la casa, pude ver el resplandor de la explosión. El estallido de todo lo que había allí dentro. De mi vida con mi esposa que ahora llevaba en una alfombra con destino a un bosque profundo, donde cavaría una tumba tan profunda, que solo hallarían sus huesos cuando la civilización se hubiera extinguido y la confundieran con un hombre de las cavernas.

Me costó casi dos horas enterrarla. Dejé que el auto cayera a un lago. Dormí en un motel. Desayuné en una parada de carretera. Un día después, caminaba por el centro comercial.

—Disculpe, señor —escucho la voz del policía otra vez.

—Sí, claro, oficial dígame —respondo amablemente.

—Levante las manos —me dice mientras me apunta con un revólver—. Queda detenido por la policía del condado.

Otro policía se acerca por detrás, apuntándome con su revólver y tomando con guantes algo de mi bolsillo trasero, me muestra un cuchillo ensangrentado y con largos cabellos humanos.

## Entidad demoniaca liberada por una ouija

Tania era mi mejor amiga. Yo hacía parte de su círculo más cercano, porque estudiábamos en la misma escuela. Ella tenía una energía que atraía cosas muy buenas: todos los chicos querían estar con ella, los profesores la querían, le iba muy bien como estudiante y era una gran deportista. Muchas chicas la trataban por hipocresía. Para tomar algo de su popularidad, ganar reputación de ser amigas de la más popular. Pero en el fondo Tania estaba sola. Se deprimía porque sentía que le exigían demasiado por ser como era.

«No tengo la culpa de haber nacido linda», me confesaba.

Le decía que no se preocupara por eso. Que fuera ella simplemente. Sin embargo, eso era engañarse. Es bien sabido que la imagen personal y la apariencia es algo que tiene una gran importancia para ser aceptado socialmente en un ambiente como el escolar. Las gentes siempre piensan de ti por cómo te ven, le decía a Tania. Ella lucía todo lo que se ponía. Nada desentonaba. Era una chica alta, de cabello rubio y ojos claros, largas piernas, porque hacía patinaje. Varios chicos la asediaban, pero ella era indiferente. Aunque los chicos fueran muy guapos. A ella no le importaba eso. Los conocía primero. Si consideraba que valían la pena, entonces seguía hablando con ellos; si no, entonces nunca más volvía a cruzar palabra con ellos.

Conocía a la familia de Tania. Los padres me invitaban a sus viajes. Era hija única. Creo que eso hizo que fuera tan especial. Podría decir que era como un lucero que iluminaba la vida de todos cuantos se cruzaron con ella. Hacíamos proyectos para estudiar medicina en la universidad. Ella quería ser médica oncóloga. Soñaba con ayudar a los niños pobres que sufrían de leucemia o enfermedades de ese tipo. Siempre leía libros complejos, de ciencia y anatomía. Le encantaban las novelas de vampiros jóvenes. Soñaba con un galán que le mordiera el cuello y que la convirtiera en una princesa vampira.

Todo lo que tenía que ver con ocultismo y asuntos paranormales, ejercían un gran poder sobre Tania. Una vez me dijo que quería hacer una locura. Yo me reí. Le dije que ella no era una chica de locuras. De todos modos, le pregunté qué tipo de locura quería hacer. ¿Te gusta un chico?, la indagué.

—No. Sabes que no soy de ese tipo de chicas. Soy seria, no soy fácil —dijo.

Le pregunté entonces qué podía ser más loco que tener un chico mayor o algo parecido.

—Quiero hacer ese juego que llaman tabla ouija —me contó en tono de picardía—. He leído por ahí que puede decirte el futuro; todo lo que pasará lo sabes con anticipación; te lo dice la tabla, no sé de qué manera, pero quiero probarlo precisamente por esa razón.

Nunca había escuchado sobre eso, tampoco era un tema que me preocupara. Pero le dije que, si la conseguía, entonces lo haríamos. Yo la apoyaba en todas las cosas que se le ocurrieran a Tania.

Unas semanas después, Tania me dijo en uno de los descansos, que había conseguido la tabla. Le pregunté cómo.

—La compré por Internet a buen precio, prácticamente regalada —contestó—. Mis papás van a viajar este fin de semana y me dejaron encargada de la casa. Estaremos solas.

Podemos comprar un vino y velas negras para hacer el ritual —soltó una carcajada inocente.

Le dije que estaba loca, pero que estaba bien. Que contara conmigo. Pregunté si estaríamos solas las dos. Busqué unos videos en YouTube que hablaban de invocaciones con la ouija y recomendaban que fueran grupos de más de tres personas. Ella me dijo que no fuera cobarde.

Así que llegó aquel día. Tania estaba con un vestido corto negro y se pintó las uñas también de negro. Tomamos un par de copas de vino. Al anochecer, apagó las luces. Había relámpagos; era noche de luna llena. Los perros del vecindario estaban inquietos. Empezamos a hacer el ritual.

Ella tomó la misma copa con la que estaba tomando vino, para ponerla como visor que indicara cada letra. Invocó al espíritu de un cantante de rock que le gustaba mucho escuchar. Me dijo que pusiera la punta de mis dedos sobre la copa, pero que no la moviera, solamente era para que la energía fluyera a través.

—¿Estás ahí? —preguntó Tania.

«Sí», se movió el vaso para indicar la respuesta.

—Dime: qué pasará dentro de dos años, ¿estudiaré medicina y seré una gran médica oncóloga?

El vaso se movió: «no», indicó. Ella volvió a hacer la pregunta; la respuesta fue la misma.

—Eso no puede ser posible —dijo—. Yo me juré que iba a ser una médica oncóloga y lo cumpliré. Aunque me digas que no es así.

«No», repitió el mismo movimiento el vaso.

—¿Estás moviendo el vaso? No seas tramposa —me reprendió Tania.

Le aseguré que no. Que se lo juraba. Entonces el vaso se movió totalmente solo:

«No jures. Baal», luego el vaso cayó al suelo, volviéndose añicos. Luego de eso, los perros empezaron a aullar sin parar. La tormenta se desató. Bebimos el vino y dormimos juntas hasta el otro día. Los padres de Tania llegaron. Todo está en orden, preguntaron. Respondimos que sí. En la tarde fuimos a cine. Al volver a casa, noté que Tania estaba triste. Ella no tenía ese estado de ánimo. Pregunté qué le pasaba. Me dijo que nada. Insistí.

Repitió que nada. Le dije que no me mintiera. Insistí tanto hasta que al final, tuvo que ceder y decirme la verdad de lo que estaba sintiendo en el fondo de su corazón. A mí no me podía engañar porque la conocía perfectamente, le dije.

—Estoy triste porque la tabla me dijo que no sería médica oncóloga

La recriminé porque creía en esas tonterías. Nadie puede decirnos qué pasará en el futuro y qué no. Le dije que no fuera tonta, que ella era una chica más inteligente que una tabla de madera marcada con letras. Se quedó pensando un buen rato. Luego sonrió. Me dijo que tal vez tenía razón.

Una semana después, Tania me llamó. Me dijo que fuera urgente a su casa. Pregunté qué pasaba. Me dijo que no preguntara y que fuera. Así que llegué y entré a su cuarto. Alzó su camisa: en su espalda había una estrella de cinco puntas al revés. Parecía hecha con una cuchilla retráctil, las mismas que se usan para cortar papel en las oficinas.

—¿Qué significa? Ya busqué en Internet y es un símbolo diabólico —dijo Tania.

Pregunté si le dolía. Dijo que no. Pasamos el día juntas. Nos despedimos en la entrada de su casa. Cerca de la media noche me despertó una llamada al celular. Era la mamá de Tania. Estaba llorando, angustiada. No sabían qué pasaba con su hija.

—La escuchamos gritar y cuando entramos a su cuarto estaba flotando sobre la cama de cabeza. Es horrible. Luego empezó a decir cosas que no se entendían, como en un idioma desconocido. Entonces me persigné, invocando a Dios. Me gritó con una voz gutural, gruesa: "Cállate zorra. No menciones a ese aquí"

Al día siguiente fui a la casa y Tania estaba dormida, por causa de los calmantes que le proporcionaron los enfermeros. La evaluó un psiquiatra, pero dijo que no tenía ningún síntoma que pudiera clasificarla como psicosis o esquizofrenia, entonces le dieron de alta. Yo me quedé a dormir en la casa de Tania. Esa noche, todos despertamos alterados, a las tres de la mañana. Se escuchaban golpes como si hubiera elefantes en el cuarto de ella.

El padre de Tania decidió llamar a un sacerdote exorcista, que llegó al día siguiente para verla. Lo que vi, solo lo había visto en películas de cine. El padre, era un hombre alto, joven y corpulento; Tania es una chica que no pasa de un metro con sesenta, delgada. Cuando el sacerdote se acercó a ella para hacer la señal de la cruz, un rugido salió de la garganta de ella. Lo empujó y lo lanzó contra la puerta, como si hubiera tenido la fuerza de varios hombres.

El sacerdote dijo que tenía que llamar ayudantes. Era una posesión demoniaca. Entonces fue cuando preguntó si había pasado algún evento extraño en los últimos días. Yo me quería callar, para guardar el secreto, entonces la misma voz gutural, como si fuera un oso en la garganta de Tania, le dijo al sacerdote:

—Vengo de los tiempos del origen del mundo, cuando tú ni siquiera estabas en la imaginación de nadie. Soy más poderoso que tú. Esta chica me liberó de mi grillete de miles de años gracias a la tabla. Ahora estoy aquí, soy el amo de todo lo que conoces. Soy Baal.

El sacerdote ordenó que la ataran de pies y manos a la cama. Pude ver cómo Tania se movía, luchando contra cuatro hombres que la doblaban en fuerza. Escupía una sustancia verdosa por la boca y sus ojos habían tomado un color oscuro en la parte blanca. Decía palabras en una lengua que nadie conocía, solo el sacerdote.

—Es una entidad demoniaca muy poderosa. Baal, era un antiguo dios de Babilonia. Le hacían sacrificios de sangre en su honor. El idioma que ella habla es arameo, ya es una lengua muerta. Que Dios nos ayude.

Empezó el ritual de exorcismo. Duró toda una noche. Se escuchaban golpes, risas, pasos. Como si la casa estuviera llena de gente, pero estábamos solo los padres de Tania, los cuatro ayudantes, el sacerdote y yo. Al amanecer, el padre estaba exhausto. Tanto que se desplomó. Tanía estaba muy delgada, pálida. Parecía que le hubieran sacado la sangre. Llamaron a una ambulancia para que la revisara. El sacerdote dijo que la entidad había salido pero que se alojaba en la tabla ouija, pero como no aparecía, hasta que no se destruyera, volvería a atacar a cualquier ser humano, animal o cosa.

Los paramédicos intentaron reanimar a Tania, pero no dio señales de vida.

—Lo siento mucho —dijo—. Hicimos todo lo que pudimos, pero su corazón estaba muy débil para resistir.

Sepultamos a Tania a los dos días. La profecía de aquella tabla, en la que yo no creía, se cumplió. Tania nunca cumplió su sueño de ser una médica oncóloga.

## El laboratorio de tanatología

Trabajo en la morgue de una de las grandes ciudades de América Latina. Como podrán suponer, he visto muchas cosas que están lejos de los ojos de la mayoría de personas. Aquí traigo una historia que no dejará indiferente a nadie. Como ya he dicho, soy uno de los trabajadores de la industria funeraria que se encargan de realizar la tanatopraxia. Para quienes no saben, esta tarea consiste en preparar y dejar el cuerpo listo para la ceremonia fúnebre. Durante varios años he hecho este trabajo y, puedo decir que estoy acostumbrado a ver cosas que serían desagradables para la mayoría de personas.

Era una noche de primero de noviembre. Ese día llegaron muchos cuerpos para trabajar. Recuerdo particularmente el de una muchacha joven, de cerca de veinticinco años. La causa de su muerte fue por un accidente de tráfico. Era la conductora y su novio venía como copiloto. A la altura de un cruce de vías, ella tomó el celular y chocaron con una camioneta. Fue llevada a un hospital, pero las lesiones que había sufrido, por no usar el cinturón de seguridad, hizo que muriera por la gravedad de las heridas.

Siempre que llegan personas jóvenes, me pongo a pensar en la fragilidad de la vida. Me lleva a preguntarme, ¿por qué no aprovechamos mejor el tiempo que tenemos sobre la Tierra y lo desperdiciamos de forma tonta, muchas veces? No tengo mucho tiempo para filosofar. Así que empecé a hacer el trabajo con aquella muchacha joven. Me dieron una fotografía para tener presentes los rasgos y el estilo de maquillaje que la chica llevaba o solía usar en vida. Este es más o menos el método que tenemos de hacer las cosas aquí.

Me puse manos a la obra. Lo primero que se hace es lavar el cuerpo, quitar cualquier tipo de sustancia externa, extraer las vísceras, cerrarlo, aplicar los químicos para mantenerlo en un estado óptimo para la ceremonia funeraria y, finalmente, vestirlo, peinarlo y maquillarlo. Luego de varias horas de trabajo, al fin, estaba lista la joven para ser presentada a sus familiares.

Como dije al comienzo del relato, esa noche fue movida. Tuve que trabajar con otros seis cuerpos aproximadamente. Poco antes de salir de mi turno de trabajo, tomé un descanso. Me relajé con un café y fumé un cigarrillo. Eran casi las cinco de la mañana. La funeraria abre sus puertas a los clientes antes de las seis de la mañana. Muchas personas hacen viajes desde otras ciudades o regiones, por lo que deben estar las salas de velación abiertas la mayor cantidad de tiempo en el día.

Empezaba a clarear el día. Sentía bastante sueño y estaba cansado. Fue entonces cuando volví al laboratorio para organizar mis elementos para dejar mi turno de trabajo al siguiente tanatólogo. Revisé uno a uno los cuerpos en que yo trabajé durante mi jornada, para ver si faltaba algo o todo estaba en orden. Cuando revisé el ataúd de la muchacha, pude notar que había algo extraño.

Arreglé a la joven con el vestido que me habían dado y de acuerdo a las indicaciones vagas que me dieron mis compañeros. Tenía una fotografía. Ninguna otra referencia para saber si mi trabajo lograba satisfacer a los deudos. Puse el anillo de compromiso que me entregó la familia de su novio, en el dedo anular de la mano izquierda. Al revisar de nuevo, pude ver que no estaba allí. Entonces, pensé que lo había quitado y puesto sobre la mesa de trabajo. No podía explicármelo. Mi compañero de trabajo llegó al poco tiempo.

«Cómo estuvo la noche, amigo», me preguntó.

Le dije que estaba bien, pero que al final me di cuenta de un detalle. Le conté el episodio, advirtiéndole que, si llegaba a hallar el anillo, me escribiera y por favor lo pusiera en el dedo anular de la joven.

«Por supuesto que sí, mi amigo», contestó mi compañero. «Tú tranquilo, vete a descansar ya. En la noche nos vemos»

Así que tomé el automóvil para dirigirme a mi casa a descansar. Al llegar, estaba tan exhausto, que no comí nada. Caí vencido por el agotamiento. Recuerdo que tuve un sueño. Cuando estoy muy cansado no suelo soñar con nada; difícilmente me acuerdo de lo que soñé. Pero ese día, recordé con detalle que caminaba por una calle oscura, cuando a mis espaldas, escuchaba el choque de dos automóviles. Me acercaba a ver qué había sucedido. Dos jóvenes, un hombre y una mujer, yacían entre las latas de un automóvil lujoso, deportivo. Cuando intenté ayudar, tomando por el brazo a la mujer, no ejerció ninguna resistencia. Tenía su brazo sostenido por mi mano.

"¿Señorita, quiere que la ayude?", dije.

"No es necesario, señor. Ha sido usted muy amable con arreglar mi cuerpo para mi velorio", dijo la voz de una mujer joven a mis espaldas.

Me giré para ver su rostro, pero la veía de espaldas, con el cabello peinado de la misma forma que yo lo había hecho con el cadáver durante mi turno de trabajo. Entonces corría tras ella para entregarle su brazo.

"Señorita, mire, no se vaya si su brazo", le gritaba, mientras la sangre manchaba mi traje.

Desperté bañado en sudor. Estaba justo sobre el tiempo para dirigirme otra vez a mi trabajo. Dormí más de la cuenta, pensé. Mi compañero no me escribió nada sobre el anillo de la muchacha, así que decidí dirigirme a mi trabajo para saber qué había sucedido. No me gusta dejar las cosas al azar. Al llegar a la funeraria, bajé de mi vehículo. Decidí comer algo antes de ingresar a mi turno de trabajo. Opté por un restaurante que estaba cruzando la calle, al que solía ir cuando tenía tiempo, porque la comida que ofrecen allí es muy buena.

Cuando me senté a revisar los mensajes de mis redes sociales, alguien me llamó. Era una voz que se me hizo familiar. Alcé la mirada. Pude ver su cara. Había algo, un rasgo que conocía, pero mi cerebro estaba tan cansado aun, que no pude adivinar de quién se trataba.

«Creo que esto es suyo, si no me equivoco», me dijo la joven sonriendo, extendiéndome un sobre blanco sellado. Era de piel blanca, ojos castaños claros y una hermosa sonrisa; un cuerpo armonioso. Estaba vestida de negro.

Pensé que podía ser alguien, quizá alguna cliente a la que le habían hablado de mí. Le agradecí. En ese momento llegó mi comida. Me dispuse a comerla, cuando terminé, tenía que volver a mi trabajo. Parecía que el tiempo se hubiera acortado, pensaba. Era algo muy extraño que jamás me pasó antes, durante los años que llevaba trabajando en esta funeraria. De igual manera, me levanté y pagué mi cena. Antes de entrar al laboratorio, revisé el sobre. No tenía ningún tipo de anotación. Estaba sellado, como dije antes. Procedí a abrirlo.

Cuál no sería mi tremenda sorpresa, al ver lo que estaba en el interior. Era un anillo. No puede ser, pensé. ¿No es el mismo?, me dije mientras caminaba hacia la funeraria. Entonces busqué la sala donde estaba ella, la joven a la que yo había embalsamado, vestido y maquillado la noche anterior, haciendo mi trabajo con tal perfección que había terminado agotado.

Pero por más que la busqué en cada salón, no la pude encontrar. Me dirigí al área comercial. Allí estaban las jóvenes ejecutivas de cuenta. Las abordé. Les conté el relato minuciosamente, pero me respondieron que no sabían nada. Busqué a mis compañeros en el laboratorio, pero, algo extraño, estaba vacío. No podía ser posible, pensé, aquí siempre hay cuerpos para preparar.

En la entrada del parqueadero, esperé encontrarme con uno de los conductores de las limosinas y coches fúnebres. Uno de ellos estaba saliendo. Me acerqué a la ventanilla. Saludé a un compañero que era conocido de tiempo atrás. Venía con una mujer joven en el puesto de copiloto, a la que saludé. Pregunté qué era lo que pasaba con los cuerpos; respondió que era un día complejo, que muchos coches estaban atascados en el tráfico de la ciudad. Que no me preocupara, que ya volverían. Entonces, fue cuando le pregunté acerca de la joven que estaba buscando, la misma que arreglé la noche anterior.

«Debe ser esta», me dijo mostrándome el obituario.

«Sí», le dije.

«Pues es justo la que llevo aquí, en el coche», respondió y arrancó.

Cuando abrió el sobre allí estaba el anillo que no había hallado en el dedo, donde lo dejé la noche anterior, mientras preparaba su cuerpo para su funeral. Cuando vi por el espejo lateral, su rostro era ese: el mismo que había visto en el restaurante hace unos momentos.

Mi sangre se heló. No podía ser cierto. Que una mujer volviera de la tumba para darme un sobre donde estaba su anillo de compromiso. ¿Qué quería decir aquello?, me pregunté. Quería aclarar mi mente, entonces me senté en un salón contiguo al laboratorio de tanatología. Respiré profundo, intentando darle explicación a aquel incidente. Pero nada podía responderme el por qué, además por qué a mí, justamente. Yo soy escéptico con ese tipo de cosas. No sé cuánto tiempo pasó, pero me quedé dormitando, pronto, caí en un sueño.

Me despertó el conductor del coche, preguntando cuánto llevaba allí, dormido.

«No sé —le dije—. Hace un momento hablamos: llevabas a la joven al sepelio...»

«Eso no puede ser», dijo el conductor sorprendido. «Si apenas acaba de ser puesta en velatorio para sus deudos. Se nota que no has dormido nada. Deberías ir a descansar un rato. Hay mucho trabajo para esta noche»

Intenté sacudirme el sueño que me aplastaba. Tomé café. Revisé mis bolsillos. Allí encontré el sobre. Con gran temor, porque no quería ver su interior, lo revisé.

«No puede ser posible», me dije con pavor. El anillo, el mismo anillo, estaba dentro.

Entonces subí hasta el salón donde ya se encontraban los deudos. Les dije que yo había sido quien la preparó para el funeral. Me agradecieron mucho. Una mujer madura se acercó, con lágrimas en los ojos me preguntó sobre el anillo.

«Era el anillo de compromiso de Ana. Yo encargué que lo llevara puesto», dijo.

Pedí permiso para abrir la tapa del ataúd. Miré su mano izquierda y puse en este el anillo. Salí de allí pensando si todo aquello no sería parte de una pesadilla.

## La motocicleta embrujada

Vivo junto con mi familia en un pueblo remoto, en las montañas de un país de América Latina. La tierra es muy cara en estos países, por lo que, para poder comprar un terreno propio, es necesario adquirirla en las zonas rurales, que muchas veces son de difícil acceso. Para poder llegar al pueblo, es preciso tener un animal de carga, para poder llevar productos que permitan el comercio, o en el caso mío, una motocicleta que me sirve para poder llevar cosas y transportarme con mi esposa y mi hijo, que tiene dos años aproximadamente. Una de las cosas que me gustan de vivir en un pueblo, es la tranquilidad que se respira. Pero aquí, se mueve mucho todo lo que tiene que ver con hechos extraños. Aunque soy creyente, siempre he tenido temor de quienes se dedican a practicar la brujería, o quienes hablan de esos temas. Suelo tomar distancia y pido que no se hable de eso mientras yo esté presente.

Mi esposa tiene que pasar siempre frente al cementerio, cada vez que recoge a nuestro hijo en el colegio. Frente al cementerio, en cierta ocasión una mujer se quedó mirándola. Esto le pareció muy extraño a ella, pero jamás la volvió a ver. Luego del episodio, mi esposa empezó a mostrar un comportamiento extraño conmigo. Le pregunté qué le estaba pasando, pero me respondía que nada y evitaba el contacto íntimo. Supuse que eran cosas normales. Una noche, mientras estábamos dormidos, ella empezó a hablar dormida. Decía cosas incoherentes. No entendía nada de lo que me decía. Parecía que dijera cosas en una lengua extraña, por lo que decidí despertarla.

"¿Qué te pasa?", pregunté a mi esposa, pero ella me respondió que no sabía de qué era lo que le hablaba.

Las cosas transcurrieron aparentemente en normalidad, hasta que, en cierta ocasión, estando solo en la casa, una mujer llamó a la puerta. Abrí y me encontré con una mujer joven, muy atractiva, que preguntó por mí. Pensé que era extraño, pues no conocía a nadie allí. Estábamos prácticamente recién llegados. Pregunté qué quería o qué necesitaba.

"Me han dicho que usted es un buen mecánico de motos", afirmó.

"Sí, yo soy mecánico", respondí, "¿quién le dijo eso?", contesté asombrado, pues con nadie había hablado desde que llegamos a ese pueblo. Además, hacía muchos años que no me dedicaba a la mecánica de motocicletas. Por eso me resultaba algo extraño e inquietante la pregunta de aquella mujer.

"Discúlpeme que lo haya importunado con mi pregunta, solamente traje mi moto porque está fallando; pero si le molesto, no hay ningún problema. Discúlpeme por haberlo importunado, señor. Que esté muy bien", dijo alejándose.

Yo la detuve. Le dije que no se preocupara, que simplemente me parecía extraño que hubiera dado conmigo en ese pueblo, siendo yo recién llegado. Pregunté de qué se trataba el daño de la motocicleta, a lo que me indicó que no encendía con facilidad. Intenté encenderla y efectivamente, parecía quedarse a medio camino.

Dije que tenía que dejarme la motocicleta para darle un diagnóstico efectivo. Pregunté si podía pasar al otro día. Quedamos así. Cuando mi esposa llegó, su mirada estaba encendida en furia. Me increpó sobre la mujer que se había encontrado en el camino. Respondí que era solo una mujer que traía una moto para reparar. Cuando me incriminó porque yo estuviera coqueteando con esa extraña, le dije que solo era trabajo. Además, se me hizo muy extraño que supiera que había trabajado con motocicletas.

"¿La conoces? Creí que tú le habías dicho eso, que yo era mecánico de motocicletas", respondí a mi esposa.

Al día siguiente la mujer fue a la casa para saber qué tenía la motocicleta. Era un daño eléctrico, pero como los repuestos era necesario traerlos desde la capital, le dije el valor total y le pedí un adelanto. La mujer sacó el dinero para entregármelo. Pensé que era extraño que sacara tuviera tanto dinero en efectivo. De cualquier manera, empecé el trabajo esa misma mañana. Suelo trabajar de forma muy disciplinada. De ese modo, puedo terminar un trabajo complicado en un par de días.

Al cabo de tres días, la motocicleta estaba lista. Hice una prueba, recorriendo el pueblo en motocicleta al atardecer. El clima me gustaba mucho. Decidí ir hasta el río para darme un baño. Estaba cayendo el sol. De pronto, mientras estaba nadando en las aguas frescas, una voz de una mujer me llamó. Era ella. Me sorprendí. Le pregunté qué hacía allí. Respondió que no vivía en el pueblo, pero que tenía que ir todos los días por asuntos de comercio.

"Mi esposo falleció a comienzos de este año y quedé viuda", dijo. "Yo me hago cargo de los negocios de mi difunto marido".

Así que salí del río y le comenté que estaba lista la motocicleta. Dijo que no tenía problema en pagarme el resto de lo que me había adelantado y que me quedara un par de días con la moto para probarla. Me negué rotundamente. Ella insistió. No tuve otra alternativa que aceptar el dinero. Hablamos bastante tiempo. Me parecía una mujer bastante valiente, pues decía que tenía dos hijos con su esposo. Desde que había muerto él, se hizo cargo de ambos. Esto me sorprendió.

Al retornar a mi casa, por poco y sufro un accidente, cuando un enorme perro negro, que tenía los ojos encendidos en llamas, se atravesó en mi camino. Logré evadirlo para no chocar, finalmente para ir a dar contra los matorrales que estaban a la orilla de la carretera. Escuché una risa burlona, pero pensé que era algo producto del cansancio.

Durante la comida mi mujer me preguntó por la mujer. Le dije que era una cliente más.

"Mentiroso. Esa mujer estaba frente al cementerio un día cuando fui a recoger al niño al colegio. No me mientas", dijo mi esposa furiosa.

Le aclaré que no tenía nada qué ver con esa mujer, que estaba teniendo un ataque de celos por alguien que no era conocida mía.

La mujer no apareció más por mi casa. Aunque la busqué en el pueblo, preguntando a todos por si conocían la motocicleta, nadie quiso hablar conmigo. Incluso, se alejaban de mí con una expresión de terror en su cara. No entendía por qué. Así que decidí darme por vencido y poner un anuncio de la motocicleta perdida en el atrio de la iglesia. Cuando llamé a la puerta de la casa cural, el sacerdote me abrió. Me miró de arriba abajo, como si yo fuera un delincuente. Preguntó qué quería y quién era, mirando la moto. Le conté la historia, pero me cerró la puerta. Toqué, pero no abrió. Finalmente, salió. Me hizo entrar a la casa cural.

"¿Quién le dio esa moto?" preguntó el padre. Respondí que había sido una mujer.

"Descríbame cómo es esa mujer", insistió. Me parecieron muy extrañas las preguntas que me hacía el padre, pues parecía dudar de mí.

"Pues verá, esa motocicleta que está ahí, era de un hombre, esposo de la mujer que usted me dice. Ella se fue de este pueblo, hace varios meses, huyendo, porque todos la culpaban de ser bruja. Su esposo murió en extrañas circunstancias. En un accidente de tránsito", dijo el sacerdote.

Yo seguía sin entender nada de lo que pasaba. No entendía por qué estaba allí escuchando eso. Simplemente estaba haciendo un favor a una mujer. Ahora, parecía estar metido en un problema grande, por causa de una serie de incidentes desafortunados, en los que me había visto inmiscuido sin quererlo.

Entonces le dije al padre que no quería esa moto, que se la dejaba a él. Se negó. Dijo que no quería ese instrumento del demonio en su iglesia. Pregunté qué podía hacer. No tenía otra alternativa que tomarla mientras aparecía la propietaria. El sacerdote me sacó de la casa cural. Ya era tarde, por lo que decidí dirigirme a mi casa. No tenía otra alternativa que usar la moto. Al fin y al cabo, me dije, estas cosas que me dice este cura, no son sino supersticiones de pueblo. ¿Qué me puede pasar? Me subí a la moto, dirigiéndome hacia el cementerio, que marca la salida y la entrada al pueblo. Justo cuando estuve por llegar a mi casa, de nuevo apareció ante mí la figura de un animal, pero esta vez no era un perro sino un enorme toro que lanzaba vapor caliente por sus fosas nasales; en sus ojos parecía brillar el fuego como lava. Intenté esquivarlo. Lo hice. Sin embargo, el animal empezó a galopar a gran velocidad intentando alcanzarme. Yo aceleré la moto hasta ponerla casi al máximo de su velocidad, pero el animal seguía corriendo, hasta sentir su aliento cálido, quemándome la espalda. Cuando iba a alcanzar la entrada a mi vereda, perdí el control de la motocicleta. No recuerdo qué sucedió. Caí por los suelos. La motocicleta se despeñó por el acantilado que está a ambos lados de la carretera. Aunque intenté buscarla, la di por perdida. Pensé en bajar hasta el fondo a buscarla al día siguiente.

Mi esposa me preguntó qué me había sucedido. Le conté el incidente con la motocicleta. Se limitó a decir que eso era un castigo divino por ser infiel intención con aquella mujer. Le negué que tuviera que ver con esa mujer. Dicho esto, me dirigí a dormir. Al día siguiente, desperté alterado. Tuve un sueño. La mujer venía a mi casa y traía la motocicleta que se había caído por el despeñadero la noche anterior.

Pensé en el mal sueño y fui a beber agua a la cocina. Alguien llamó a la puerta. Era temprano en la mañana. Al asomarme a ver quién era, mis vellos se pusieron de punta. No lo podía creer, era algo que parecía salir de mis pesadillas más profundas. No podía ser cierto, no podía ser cierto, me repetía intentando convencerme que no era así. Tomé el agua helada que llevaba en mis manos y la lancé contra mi rostro. No podía estar soñando. Miré el reloj. Volví a la cama donde dormía mi esposa y volví a salir.

Allí estaba de nuevo, intacta, la motocicleta que se había despeñado la noche anterior por el precipicio.

## El cura sin cabeza

Una de las leyendas más conocidas en gran parte de Hispanoamérica, es la del cura sin cabeza. Según se dice, esta aparición tiene lugar en las inmediaciones de lugares sagrados tales como iglesias, conventos y comunidades religiosas. En una ciudad colombiana, Tunja, se dice que el fantasma de un cura sin cabeza, aparece todas las semanas santas, como forma de expiar las culpas de los infieles que lo condenaron a vagar eternamente sin su cabeza. El origen de esta leyenda data de los tiempos de la insurrección contra la corona española, a comienzos del siglo diecinueve. Llegó un rumor de un sacerdote que estaba de parte de los patriotas, por lo que los ejércitos españoles decidieron llevarlo a los cuarteles generales para interrogarlo. Era conocida la sevicia y crueldad de los españoles para los rebeldes y quienes les brindaban su apoyo. Ante la presencia del comandante de los ejércitos reales, se le preguntó al sacerdote si era cierto aquel rumor que iba de boca en boca, sobre su simpatía por los insurrectos de Bolívar.

«Cristo nos dio la libertad, el rey no tiene derecho a quitárnosla», le contestó con gran aplomo el sacerdote.

Para hacer que entrara en razón, el comandante lo puso en el calabozo a pan y agua durante dos semanas. Luego del periodo de pena, volvió a llamarlo para ver si había cambiado su opinión política inicial. Como el sacerdote no mostraba ningún arrepentimiento por su rebelión ideológica contra la Corona Española, el comandante decidió hacer que escarmentara, así como todos los que pudieran darle algún tipo de apoyo a ese pensamiento.

«Mañana al amanecer será ejecutado en la plaza pública», sentenció.

El sacerdote pidió saber de qué forma moriría, a lo que el comandante guardó silencio. La noche anterior a su ejecución, el sacerdote juró que vendría desde la muerte para hacer que se arrepintieran de su crueldad los hombres que lo iban a ejecutar. Al llegar la mañana, el sacerdote fue llevado a la plaza pública. El comandante ordenó al verdugo que se aprestara a ejecutar al sacerdote.

Cuando fue puesto en el lugar su cabeza, el verdugo alzó una gran hacha para cortarla. Entonces el sacerdote, sentenció a las tropas españolas.

«Moriré por la libertad, pero juro que volveré para hacer que las almas impías que me sacrificaron, se arrepientan y se rediman en Cristo», gritó poco antes de que su cabeza rodara por el suelo.

En señal de escarmiento, el comandante ordenó que fuera puesta en la punta de una bayoneta en la plaza central con una nota que advertía que todo aquel que simpatizara con los rebeldes patriotas, correría suerte semejante al sacerdote. Un nuevo párroco fue traído desde Bogotá para dar la misa. Así que luego de la ejecución del sacerdote, empezó el rumor de que se le veía merodear el emplazamiento de las tropas realistas en Tunja hasta el día de hoy, que muchos militares también dicen haber visto el espectro durante su turno nocturno.

Justamente, conversando con un soldado curtido en muchos combates con la guerrilla, con varias heridas de guerra, fue cuando me enteré que este espectro seguía atemorizando a los habitantes de la ciudad y veredas cercanas.

"Estaba durante un turno en una zona de conflicto —empezó a contar el militar—; era una noche muy fría. Recuerdo que era una semana santa. Tuvimos hostigamientos por parte de las guerrillas durante todas las noches. Mi mayor dio la orden de mantenerse alerta, porque llegaron informes de inteligencia que afirmaban que un ataque era inminente. Tenía que prestar guardia durante toda la noche. Encendí un cigarrillo, tomando café para calentar el cuerpo. Mis compañeros me hablaron de que tuviera cuidado en ese punto que tenía que cuidar. Ahí se aparece el fantasma del cura sin cabeza, decían, pero yo siempre he sido escéptico a ese tipo de historias y leyendas. Nunca he creído. El viento parecía susurrar en la copa de los árboles. Me tuve que ajustar el casco. Entonces puse la radio, que me ayuda a sobrellevar los largos turnos de guardia. Estaban hablando precisamente de asuntos paranormales. Historias que contaban los radioescuchas. A mí me divierte mucho eso. A eso de las dos de la mañana, cuando estaba en el punto más crucial del turno, escuché un silbido a mis espaldas. Creí que era el dragoneante, haciendo la ronda para ver si alguno estaba dormido. A los soldados que se les sorprendía dormidos durante la ronda, les esperaba una semana en el calabozo.

"Firme mi dragoneante", dije, pensando que, efectivamente, era él quien estaba cerca. Pero no pasó nadie. Solo había silencio absoluto, como el de un campo santo. Entonces, fue cuando escuché una voz que dijo, "soldado", volví la vista atrás. Desde lo alto de la garita, pude ver la silueta de alguien que estaba justo en el cruce de caminos de las calles. Estaba vestido con algo parecido a un hábito. Eso era lo que me parecía. Pero en la oscuridad de la noche, no podía distinguir muy bien. Creí que podría ser una táctica para engañarnos, como suelen hacer los guerrilleros, distrayendo a los militares que están en guardia para entonces, aprovechar y emboscar. La tropa está dormida, por lo que la capacidad de reacción se ve disminuida.

Decidí cargar mi fusil. "Quién está ahí. Identifíquese", ordené apuntando a la figura que me había hablado. "Soldado", volvió a decir, pero en esta ocasión, mucho más lejos, o eso era lo que yo escuchaba, es decir, que se estaba alejando del punto donde inicialmente escuché la voz. Tomé el reflector y lo dirigí hacia el lugar. Pero no había nada. El viento agitaba los árboles y restos de hojas en la calle. Pensé que estaba delirando, porque muchos soldados suelen delirar por permanecer en vela durante varias horas, incluso días seguidos montando guardia. Encendí otro cigarrillo para calentarme. El frío en esta zona es intenso, sobre todo en las madrugadas, cuando desciende la temperatura hasta casi cero, por eso llaman la nevera a esta ciudad."

"Continué prestando mi guardia, olvidando el incidente. Contando las horas para ir a dormir un rato. Fue cuando, de nuevo, me volvieron a llamar, pero esta vez desde el lado contrario a la calle. "Soldado", dijo la voz. En esta ocasión decidí abrir fuego. Tengo fama de ser buen tirador. Incluso, me he ganado permisos y felicitaciones por parte de mis superiores por mi gran puntería. De nuevo, volvió a llamarme esa voz salida desde el fondo de mis peores pesadillas; pero, aunque abrí fuego certero en la dirección que escuchaba, creyendo que provenía de esa dirección, no acertaba a impactar a nada más que al viento frío de la noche.

Un par de días después de mi guardia, una noticia me dejó con la sangre helada.

«El soldado García, ¿lo conoces? Lo encontraron en la garita con un disparo de fusil en la cabeza», me dijo el sargento Pérez. «No había nada que hiciera pensar que el joven soldado tomara una decisión así».

Era la misma garita en la que presté guardia un par de noches atrás. ¿Cuál podría ser el motivo?, me preguntaba, sin acertar a dar una explicación para aquella tragedia. El soldado parecía ser un hombre tranquilo. Las respuestas, llegarían un par de noches después, cuando de nuevo fui llamado a hacer la guardia en la misma garita donde se había hallado el cadáver del soldado.

Nunca he sido un hombre supersticioso, pero me causaba cierta inquietud estar allí, en el mismo lugar donde se encontró el cuerpo. Sin embargo, yo me mantuve en posición, e hice mi guardia sin pensar en ello. La noche transcurría sin sobresaltos. Aunque me sentía estresado, cansado, pensé que podía ser capaz de llegar al final de mi turno sin cerrar mis ojos, pero el principal enemigo de un soldado no es el miedo sino el sueño, porque es como una droga que puede perjudicarte no solo a ti, sino al resto de los compañeros y al regimiento entero.

Alrededor de las 3 de la mañana, sentí un escalofrío en mi espalda. Escuché un golpe del otro lado del cristal de la garita, que está situada en lo alto, casi a seis metros de altura para poder observar cualquier movimiento extraño en las afueras de la guarnición militar. De pronto, volví a escuchar la voz que me llamó la última vez que hice mi guardia. «Soldado», decía. De nuevo, volví a apuntar mi fusil en dirección a donde escuchaba la voz. ¿Estaba perdiendo la razón?, me pregunté. La voz siguió atormentándome, pero yo me encomendé a Dios para que me diera valor para continuar prestando guardia. La voz seguía llamándome. Entonces fue cuando empecé a rezar en voz alta y con autoridad, el Credo y luego un Avemaría y un Padrenuestro. Entonces la voz se empezó a disipar, o eso parecía. Según la creencia popular, cuando una aparición se presenta, al escucharla cerca quiere decir que está lejos y viceversa. Entonces, pensé que estaba cerca.

Escuché que golpeaban al cristal de la garita. Volví la mirada y mi sangre se heló cuando vi la imagen de un sacerdote vestido con su sotana y su escapulario, pero no tenía cabeza.

Además, estaba del otro lado de la garita que daba a la calle. Yo apunté mi fusil y por el respiradero de la garita, que es una pequeña abertura por la cual se puede sacar el cañón del arma para disparar cuando sea necesario hacerlo, disparé tres veces. Las alarmas de la guarnición se encendieron.

Yo me mantuve en posición. Tenía la mirada fija en el exterior de la guarida, helado por el terror. Al girar la mirada al umbral de la garita, estaba allí: flotando con su sotana y sosteniendo su cabeza que me miraba con los ojos encendidos como si fueran ascuas infernales. «Soldado, mátate, soldado», dijo la voz del espectro, al que apunté para dispararle, cuando justo en ese momento la luz de la linterna del capitán me encegueció.

«Soldado, ¿qué es lo que está pasando?», me preguntó el oficial de guardia.

Me puse firme y le dije que había escuchado un movimiento en la parte exterior. Jamás le conté a nadie esta experiencia paranormal que viví, hasta ahora.

## El niño fantasma

Desde niño he tenido temor de los lugares oscuros, mejor dicho, de las tinieblas en general. Todos los niños le temen a la oscuridad, a la llegada de la noche, y con ella, sus espectros, como el coco y los fantasmas que se ocultan de la luz del sol. En la casa de mis abuelos, se contaban historias a la luz de una vela durante las noches de tormenta. Me acuerdo claramente de eso. La voz de mi abuelo contándome cómo, en esa misma casa había visto cosas que nadie diría que eran ciertas. Infortunadamente, eso mismo me pasa ahora. Cuando él murió, recuerdo que su ataúd fue llevado y puesto en medio de la sala. Pasé la noche junto a él. Mirándolo dormir su sueño eterno. Las cosas que contaba mi abuelo sobre la casa que había comprado con el sudor de su frente, cuando llegó a esta ciudad, ahora parece que lo reviven. Siento como respira, como me mira, como si cada pared me escuchara y cada ventana me viera con la misma intensidad que los ojos de mi abuelo.

Luego de su muerte, seguí viviendo en esa casa hasta que la abuela murió. Mis tíos decidieron que me hiciera cargo de la casa, pues era demasiado grande y costosa para mantenerla. Mi esposa y los dos hijos que tuvimos, llenaron las estancias de esa gran casa que había visto pasar la historia. Las noches eran tranquilas, pero las maderas se sentían respirar, por lo que daba la impresión siempre de que alguien caminaba haciendo crujir el suelo. A veces, podía ver sombras con el rabillo del ojo, pero nunca he sido asustadizo ni supersticioso. Hacía de cuenta que no veía nada. Mi esposa me decía que escuchaba como si la casa respirara. Al empezar a crecer mis hijos, me preguntaban dónde era que vivía el niño que llegaba a su cuarto para jugar con ellos, sobre todo en las noches de luna llena.

«¿De qué niño me están hablando?», respondía yo. «Los únicos niños en esta casa son ustedes dos».

Así pasaron los años. Los niños crecieron con la idea de que otro niño habitaba la gran casa, que muchos vecinos decían que estaba embrujada o maldita. De hecho, una familia nueva, me dijo un par de semanas después, en tono de broma que nosotros parecíamos los personajes de esa clásica serie La familia Monster.

Yo me tomé las cosas en buen tono. Dije que una de las cosas que más me gustaban de la vieja casa de mis abuelos, era precisamente el halo de leyenda que la envolvía. Que eso la hacía valiosa, de hecho, es una de las casas más viejas del vecindario. En alguna ocasión, llamó a la puerta un hombre extraño. Estaba vestido con un traje negro y sombrero. Me dijo que le interesaba mucho hablar con el propietario. Pregunté para qué lo requería. Se presentó.

«Mi nombre es Anton Crowley. Me dedico a las ciencias ocultas, la parapsicología, la demonología y a la cacería de espectros, fantasmas y presencias ruidosas, como los poltergeist... por supuesto, ese no es mi nombre, lo uso para identificarme como investigador paranormal», aclaró el hombre.

Pensé que era un loco más. Se quedó viendo la casa desde fuera, con aire pensativo. Estaba absorto, cuando le pregunté en qué le podía servir. Entonces me dijo que las energías que la habitaban mi casa, lo habían llamado. Lo hice seguir. Recorrió la casa extendiendo las manos siempre por delante.

«Veo que hubo mucho sufrimiento y dolor aquí», dijo llevándose los dedos a la sien. «Hay que hacer una limpieza y una liberación, porque hay energías oscuras aquí».

Comenté que no sabía de lo que hablaba. Entonces lo que me dijo a continuación, me dejó sorprendido.

«El niño que juega con sus hijos, no es lo que parece», me dijo. «Las energías del bajo astral se camuflan, tomando la forma de niños o de mujeres. ¿Usted ha visto u oído cosas extrañas en la casa?».

Esta pregunta me sorprendió. Le dije que cómo podía saberlo. Respondió que él tenía dones psíquicos, que desde niño podía ver y establecer contacto con espíritus de gente que había muerto. Yo no era supersticioso, como aclaré al comienzo. Sin embargo, le dije al hombre que tenía que consultarlo con mi esposa antes de decirle una respuesta. Me dio una dirección de correo electrónico para poder contactar con él cuando tomara la decisión.

Hablé con mi esposa esa noche. Ella me preguntó si de verdad yo creía en lo que me decía ese hombre. Que podía tener malas intenciones o que podría ser cualquier cosa. Tenía mucha razón, por lo que decidí investigar si era realmente quien decía ser. En efecto, me pude dar cuenta que era un hombre que se dedicaba a hacer investigaciones psíquicas y parasícologicas. Le dije a mi esposa y ella, me dijo que yo tomaría la decisión. Así que lo invité a venir a casa.

«Su abuelo va a estar muy contento —dijo el investigador por teléfono— está ahora mismo mirándolo, sonriente, justo en el mismo lugar de la sala donde lo velaron; ahí donde tiene una mesa con un altar en su memoria».

Una corriente eléctrica recorrió mi espina dorsal. De mi frente corrían gotas de sudor frío. No lo podía creer. Era para mí difícil comprender que es posible poder ver y hablar con personas que ya han muerto. Estaba empezando a descubrir el mundo de los espíritus y lo que trasciende lo físico. Así fue como llegó el investigador al día siguiente.

«Puedo ver a su abuelo —comentó señalando el altar, que estaba a una distancia de unos diez metros del sofá donde estábamos sentados—. Lleva el mismo blazer de color café oscuro que tenía puesto en su velorio, con el que lo sepultaron».

«¿Cómo puede saber eso usted?», le pregunté con gran sorpresa.

Me contestó que para los escépticos era muy complicado creer que existían fantasmas, espíritus, almas en pena, demonios y todo tipo de entidades y energías que nos rodean constantemente, que viven a nuestro lado y que nosotros no podemos ver.

El investigador empezó la sesión encendiendo salvia y velas blancas. Luego puso en casa esquina sal bendita y agua consagrada. Dijo que esto hacía que las energías salieran, pues se sentían incómodas.

«El niño vestido de blanco me dice que me vaya —dijo lanzando agua bendita—. Está justo ahí, en la entrada de la casa. Me está mirando con odio. "Lárguese de aquí", me dice, "déjeme en paz"».

Mis hijos gritaron aterrorizados. Dijeron que la descripción que daba del niño era justamente la misma del que ellos vieron saliendo de la pared de su habitación. El investigador se acercó al umbral de la casa. Hizo abluciones. En ese momento, las paredes empezaron a estremecerse, el ruido era como si tractores estuvieran intentando derribar los muros. Mi esposa y mis hijos se tapaban los oídos, gritando, por lo que les dije que salieran de la casa hasta que terminara el ritual de liberación.

«Su abuelo está del otro lado de la luz, pero el niño está custodiado por una legión de sombras que quieren apoderarse de su casa. Esta es la razón por la que ven y escuchan ruidos extraños. Usted no quiere entenderlo, o, mejor dicho, está ciego a ello para no dar su brazo a torcer. Aunque no tenga fe en lo que hago, si no se libera esta casa, las consecuencias serán terribles», advirtió el investigador.

A medida que avanzaba el ritual, la energía se percibía más densa sobre la casa. Las llamas de las velas se estremecían, se escuchaban quejidos, gritos, lamentos, dando la impresión que la casa estaba viva.

«Tienes que salir de aquí, este lugar no te pertenece —ordenó a la entidad—. Sal ahora mismo, en el nombre de Dios padre, hijo y Espíritu Santo».

En lugar de apaciguar la tormenta, estas palabras, hicieron que se enfurecieran las entidades que estaban apoderándose de la casa. De pronto el parasicólogo pareció entrar en un trance. Se quedó rígido. Su rostro se transfiguró, tomando un aspecto diferente del natural. Su mirada era diferente. Empezó a hablar con un tono autoritario.

«Yo les ordeno a todos lo que quieren usurpar mi sagrada casa, que se retiren en el nombre de Dios, por la luz del Espíritu Santo y la espada de San Miguel Arcángel. Durante generaciones hicimos parte de esta casa y no vamos a perderla a manos de las fuerzas del mal… Nieto, has que estos espíritus salgan de mi casa. Debes hacerla respetar», dijo con voz cambiada el investigador paranormal.

«Abuelo, ¿eres tú?», pregunté.

«Sí, hijo. Esta es mi casa mientras vivas en ella y debo hacerla respetar y defenderla», cuando dijo esto, el hombre se desvaneció.

Se escuchó un estruendo en toda la casa que hizo que se estremecieran sus cimientos. Caí de rodillas y me golpeé la cabeza. No sé durante cuánto tiempo estuve inconsciente. Al despertar, todo parecía diferente. Me dio la impresión de que la luz inundaba la casa hasta el último de sus rincones.

Había una atmósfera que no sabría decir exactamente qué era. Parecía que la casa hubiera sido limpiada, renovada, y eso se podía sentir en su ambiente, que ahora no era pesado, ni sombrío, sino que parecía purificado.

El investigador estaba sentado en el sofá. Se tomaba la cabeza con las manos. Le pregunté si estaba bien.

«Sí, gracias. Solamente es un dolor de cabeza muy grande que tengo cada vez que se hacen liberaciones de lugares atestados. Pero suele irse poco a poco. Las entidades atacan el cuerpo, casi siempre los riñones, la cabeza, el estómago, etc. Buscan debilidades en nosotros. Por ahí es donde entran», respondió.

Me quedé pensativo. No pude evitar preguntarle si la casa estaba liberada ahora. Me dijo que, si no seguía sintiendo la presencia de aquel demonio disfrazado de niño, entonces se había ido. Pregunté por qué sucedía esto. Me miró fijamente.

«A ellos no les interesa si usted cree o no en ellos. Toman poder de un lugar o un cuerpo, hasta destruirlo», contestó.

Me quedé mirando la foto de mi abuelo. Recordé que no era un hombre de fe, pero solía decir que el mal entraba por la puerta de la casa sin que uno se diera cuenta.

## El espíritu del anciano

Tengo un par de perros, Charly y Blondy. Son bastante fieles. Siempre están a mi lado. Vivo en un apartamento junto con mi compañera o roomie. Aunque ella viaja bastante, muchas veces compartimos momentos divertidos, viendo películas comiendo pizza o hablando sobre nuestros novios. Soy una mujer acostumbrada a la soledad, pues soy separada y no tengo hijos. Prefiero quedarme leyendo libros que salir. La ciudad es cada vez más caótica e insegura. Así que mis principales compañeros son los dos perros. Cuando Marta, mi compañera de apartamento, viaja, me deja las llaves de su cuarto para que entre y use sus cosas. Sin embargo, prefiero no hacerlo.

El apartamento en que vivimos tiene varias décadas de ser construido. Está situado en una parte central de la ciudad capital. Muchos vecinos cuentan historias de terror, pero a mí me divierten. No tengo temor. Jamás he sido creyente en ese tipo de cosas. Me crie en una familia con valores científicos. Mis padres son profesores de matemática y física. Por eso, nunca practiqué religión alguna. Creo en lo que dice la ciencia. Por eso, todo fenómeno debe tener una explicación racional. No pienso mucho en ese tipo de cosas.

Una noche que Marta se fue de viaje, estando acostada en mi cama con los perros, sentí que abrieron la puerta. Entonces pensé que era ella que había vuelto antes de tiempo, aunque me dijo que en menos de una semana no lo haría. La saludé desde mi cama. Al poco rato, me quedé dormida, pues estaba demasiado cansada por el trabajo que tengo. Soy médica cirujana y los turnos largos y cirugías de hasta doce horas o más, suelen dejar su estela de agotamiento que calmo con maratones de series de psicópatas, pizza y Coca-Cola, junto a mis perros.

Me olvidé del asunto. Cerca de las tres de la mañana, tuve que levantarme al baño. La luz de la puerta de Marta, estaba encendida. La saludé, pregunté si quería pizza. Al acercarme para abrir la puerta, me sorprendió que estaba apagada. De todos modos, no le presté atención y me fui a dormir. Tenía que recuperar fuerzas para la semana entrante. Dos días de descanso para un médico, son un regalo que debe agradecer al cielo y no desperdiciar el tiempo en nada más que en dormir. Así pasé el resto de la noche aquella, bastante inquieta mentalmente.

Al día siguiente, cuando me dispuse a hacer el desayuno, pude ver que la caja de leche que dejé en la nevera estaba en el horno microondas. Quién podría haber sido. Entonces decidí llamar a Marta al celular. Timbró un par de veces y no respondió. Finalmente, cuando lo hizo, le pregunté por qué la noche anterior había apagado la luz y, para colmo, dejó la caja de leche en el horno microondas. Mi sorpresa fue mayor cuando me respondió que ella estaba a cientos de quilómetros de mi apartamento. Le conté lo que había pasado la noche anterior. Dijo que no tenía ni idea qué pasaba, pero que estuviera tranquila que llegaría antes de tiempo.

No presté atención a aquel suceso. Fui a trabajar el lunes siguiente a mi fin de semana de descanso. Durante una de las pausas de una larga cirugía de corazón abierto, una compañera contó un suceso paranormal similar. Yo me reí. Ella me dijo que no era bueno reírse de esas cosas. Yo contesté que no creía en esas cosas. Ella me recriminó. De todas maneras, dijo, no somos solo cuerpo. Esa frase me pareció interesante; me estuvo dando vueltas en la cabeza durante el resto del turno, mientras hacía una intervención en las válvulas de un paciente mayor que tenía diagnóstico reservado. Así que luego de doce horas, con un gran dolor de espalda, terminé la cirugía. Me senté en la sala de descanso. El reloj marcaba las horas. Eran cerca de las doce de la noche. Aunque no tenía ánimos, y podía quedarme a dormir en el hospital, fui a mi casa para darle de comer a mis perros. Mientras recorría las calles vacías de la ciudad, escuché en la radio un relato similar al de mi compañera. Era demasiada coincidencia que dos personas vivieran algo parecido, pero nada es imposible.

Mientras estaba dando de comer a los perros, escuché pasos en el cuarto de Marta. La llamé desde la cocina. Me contestó con su voz característica. Me sentí alegre, pues la soledad muchas veces resulta abrumadora, sobre todo en las noches. Abrí una cerveza. Caminé por la sala en la oscuridad hasta el cuarto de mi compañera de apartamento. La luz estaba encendida, pero no había nadie. La llamé. Busqué en el cuarto de baño, pero no estaba allí. Marqué a su teléfono y no respondió.

Achaqué eso al agotamiento. Me acosté a dormir. Tuve un sueño con el anciano al que había operado a lo largo de casi medio día. Mientras tomaba su corazón entre mis manos, me hablaba y me decía que me agradecía por lo que había hecho por él. Yo le dije que no tenía nada qué agradecerme, pero él insistió en que yo tenía unas manos bendecidas. Me seguía dando las gracias. Dijo que me visitaría antes de irse en mi casa. Yo le dije que no se molestara por eso, pero el anciano insistió amablemente, tomándome de la mano mientras yo intentaba juntar sus ventrículos. Intenté liberarme de su mano, pero por más fuerza que hacía, era imposible. Tenía una fuerza sobrehumana. No era normal en un anciano. Finalmente, luchando mucho por zafarme de su mano, lo logré. En ese momento abrí los ojos y el televisor estaba encendido en medio de la oscuridad de mi cuarto.

De pronto pude notar que había alguien de pie en la entrada de mi cuarto. Pensé que era mi compañera de apartamento, por lo que la llamé. Entonces tomé el celular para iluminar. Mi corazón por poco se detuvo. Era el rostro del anciano que había operado y que me tomó por la mano durante el sueño.

Me levanté sobresaltada. Encendí todas las luces del apartamento. Pero no había nada allí. No podía dormir. Decidí permanecer despierta hasta la mañana siguiente. Dejé las luces encendidas, pero el cansancio era mayor. El sueño me venció. Desperté en el sofá de la sala. Era imposible, porque nunca he sido sonámbula. Tengo un sueño muy pesado. No sabía qué pasaba.

El teléfono sonó. Respondí. Era la enfermera jefe. Le pregunté cómo estaba todo. Ella se quedó en silencio absoluto. Volví a preguntar. Entonces me respondió que el paciente al que yo había operado la noche anterior, había muerto. Mi sangre se heló por completo. No era posible. ¿Qué me había querido decir aquel anciano en el sueño?

Ese mismo día en la noche llegó Marta. Le dije que no quería seguir viviendo allí. Me preguntó por qué. Le conté todo lo que había pasado mientras ella estaba fuera. Dijo que era normal que me sintiera así, porque mi trabajo está lleno de estrés. Marta me recomendó que me fuera de vacaciones. De lo contrario iba a estallar mi mente. Le dije que no intentara tildarme de loca. Se rio.

"Te hace falta tener novio", bromeó.

Le conté el episodio de las noches anteriores. Ella me dijo que había sentido lo mismo, pero que los espíritus y fantasmas se fortalecen cuando se les tiene miedo. Yo dije que miedo no tenía, pero era incómodo que cambiaran los objetos de sitio y que incluso yo misma, me acostara en mi cama y al día siguiente amaneciera en el sofá de la sala.

Marta dijo que olvidara lo sucedido. Me invitó a almorzar. Aunque pensé que quizá me lo estaba tomando muy a pecho, acepté la invitación. Fuimos a un restaurante para intentar tratar de despejar la mente.

Durante el viaje de retorno a la ciudad, pregunté a Marta cómo había estado el viaje. Dijo que bien pero muy difícil, pues la carretera estaba demasiado congestionada.

"Se dan muchos accidentes de tráfico ahí", respondió. "Hablan que esa carretera tiene algo que no es de este mundo. Pero yo no me lo creo. Tú eres más escéptica que yo", respondió.

Le conté el sueño que había tenido. Que había hecho una larga operación a un anciano durante la tarde anterior. Al llegar a dormir a casa, ella me había respondido con su voz.

"Es imposible", dijo.

Le dije que eso mismo pensé pero que los hechos refutaban lo que yo sentía o creía sentir. Luego me había acostado a dormir. Había dejado encendida la televisión. Entonces le conté lo de la operación y cómo me retenía de la mano el anciano. Ella se quedó en silencio. Incómoda. Parecía que no quería decir algo o que estaba guardando algo para sí. Le inquirí. Se lo describí. Frenó el automóvil en seco. Encendió las luces de parqueo. No lo podía creer. Ese hombre parecía estar en el mismo sueño de ambas. Preguntó qué estaba pasando, si mi locura estaba contagiándola a ella. Que las dos necesitábamos de unas vacaciones o de una visita al psiquiatra.

Al llegar al apartamento, decidimos dormir esa misma noche juntas. Nos quedamos en la cama viendo series y comiendo pizza. Nos quedamos dormidas con el televisor encendido. Parecía que se repitiera la misma escena de la noche anterior, cuando había tenido ese sueño con aquel hombre muerto. De nuevo volví a soñar con aquel hombre.

Sonreía. Se acercaba a través de la oscuridad, como sacando su rostro desde el fondo de un pozo. Yo gritaba en el sueño e intentaba tomar a mi compañera de la mano, pero ambas corríamos por lo que parecía un laberinto con miles de caras que surgían de la oscuridad como iluminadas por una luz infernal. Corría y gritaba pidiendo ayuda. Pero nadie parecía escucharme. Solo estaba detrás de mí, la imagen de aquel hombre anciano, siguiéndome a todas partes. Entonces desperté sudando. Gritando. Marta me tomó de la mano. Preguntó si estaba bien. Le dije que había tenido el mismo sueño. Ella me describió el mismo hombre anciano. Entonces en la oscuridad, escuchamos un rumor. Nos miramos a los ojos llenas de terror. El rostro surgiendo de la oscuridad, se asomó al borde iluminado por el resplandor del televisor.

## El amuleto maldito

Los fines de semana los comerciantes y vendedores de objetos, salen a la calle principal de Bogotá. La Carrera Séptima es una de las vías más importantes de la capital de Colombia. Es posible encontrar cualquier tipo de cosa rara, desde ropa, libros, cuadros, victrolas, electrodomésticos vintage, discos antiguos, artesanías, etc. Soy amante de las cosas antiguas. Todo objeto que tenga más de treinta años, para mí es como un imán que me atrae. Me aficioné a ser coleccionista desde la universidad. Acudía a comprar libros en mercados de viejo y librerías, por lo que, con el paso del tiempo, mi pasión creció hasta convertirse en una verdadera adicción. Lo digo sin temores, creo que hay peores vicios que comprar cosas raras.

Uno de mis amigos me preguntó cuáles eran las cosas más extrañas que he comprado. Tengo un jarrón de la dinastía Ming, que me costó un ojo de la cara. Una mano de un Piegrande que compré en Canadá. Relojes de leontina en París. Libros con índice de otros libros prohibidos por la Inquisición Española en las calles de Madrid y Barcelona. Litografías de pintores desconocidos del siglo dieciséis en Alemania. Zapatos de madera y espadas samuráis en Japón.

Una mañana de domingo me encontraba caminando por la Carrera Séptima de Bogotá, cuando encontré un objeto que me pareció fascinante desde que lo vi. Me agaché y lo tomé. Me pareció imposible que nadie, hasta ahora, se hubiera fijado en él.

«Cuánto vale esto», pregunté al vendedor, haciendo de cuenta que en verdad no me interesaba; como es usual, los comerciantes suelen subir el precio cuando el cliente muestra interés.

«Le voy a ser honesto: es un precio alto, señor», me dijo. «Tampoco tengo muchas ganas de salir de él, pero si me da lo que pido, pues es suyo».

Mis conocimientos de objetos antiguos o de arqueología, no son extensos, ni amplios. No soy un erudito. Nunca he pretendido serlo. Simplemente soy un coleccionista; recojo lo que me interesa y lo voy poniendo en un sitio especial en mi casa. Me gusta ofrecer esta exposición improvisada y curada por este servidor, para que conozcan el mundo que les fue vedados a muchos de conocer.

«Déjese de rodeos y dígame cuánto vale», fui directo con el vendedor.

«Pues verá —dijo tocándose el pelo y fingiendo confusión—. Este es un objeto muy antiguo. Creo que data de mediados del siglo diecinueve, cuando los arqueólogos alemanes y austriacos iban a Oriente Medio y traían piezas enterradas durante siglos en la arena».

Se agachó, abrió un libro y me lo mostró. Había allí un objeto similar a este.

«Lo hallaron en Irak, en lo que fue una de las ciudades milenarias, de Mesopotamia o algo así. Supongo que usted ha leído La Biblia, parece un hombre culto», me aduló el vendedor. «Así que, por esa razón y solo por esa, porque usted me ha caído bien y parece gente educada, le voy a hacer un descuento especial: le dejaré este objeto invaluable en un precio razonable para que se lo lleve».

Tenía el aspecto de una gárgola medieval. Una cara de reptil, alas de murciélago, patas de cabra, cola de serpiente y una cresta de gallo. Parecía ser una deidad milenaria de una tribu del desierto, esas contra las que combatían los primeros hijos de los profetas de Israel. Todo era una suposición. De cualquier manera, pensé en contactar a un amigo que es profesor de arqueología e historia antigua en una universidad europea, para que me dijera el valor real.

«Muy bien, déjese de rodeos y dígame cuánto vale», dije.

«Deme cien», respondió el vendedor.

«¿Cien mil pesos?», pregunté sorprendido

El vendedor se burló descaradamente. Me dijo que no con el dedo, que yo estaba loco si pensaba que iba a regalarle eso.

«Estoy hablando de dólares», replicó.

Me di cuenta que estaba ante un especulador. Así que le dije que no sabía cuánto era ese dinero. Él dijo que tampoco, que era analfabeta. Entonces tomé mi teléfono e hice la conversión. Le indiqué el valor. Le dije que le daría el sesenta por ciento y si quería el resto en otros objetos en canje. Se alisó el bigote; me miró con unos ojos inquisitivos, que parecían atravesarme con su intensidad.

Abrí mi mochila, saqué varios objetos raros y le dije que escogiera uno solo. El resto se lo daría en dinero efectivo. Se mostró interesado.

«Trato hecho», dijo extendiendo la mano.

Saqué el dinero. Tomó el objeto que consideró podía ofrecer en gambito para su transacción comercial. Contó los billetes y sonrió satisfecho.

«Así dan ganas de hacer negocios. Gente como usted es la que necesito».

Me despedí, pero cuando ya me estaba alejando del lugar, un hombre de aspecto frágil, un anciano, que caminaba apoyándose en un bastón, me dijo: «Tenga usted cuidado con eso que lleva. Debería llevar agua bendita de la Catedral. No le recomiendo que cargue eso con usted y mucho menos que lo ponga en su casa»

Aquel hombre me suscitó cierta inquietud, por lo que me acerqué a hablar con él. El vendedor se encolerizó, advirtiéndole que se fuera de allí, que no quería problemas y que dejara tranquilos a sus clientes.

El anciano me dijo que había sido sacerdote. Se dedicaba a dar clases a los seminaristas y a estudiantes de filosofía. Pero desde que empezó a envejecer, los dolores en el cuerpo, no le dejaban prácticamente hacer nada. Solo ir a misa cada domingo y dar pequeños paseos cerca de su casa.

«Esos son objetos de mucho poder», apuntó. «Debe ser muy prudente y sabio con ellos».

Sin reparar mucho en las palabras de aquel hombre, continué con mi camino, entusiasmado por haber conseguido lo que quería, considerando, que era un precio bastante módico. Pasé por la iglesia. Pude sentir que algo ardía en el interior de mi chaqueta. Metí la mano. El amuleto que había comprado estaba caliente, alcanzó a quemar mi mano. Por instinto, entré a la iglesia. Humedecí mis dedos con la pila bautismal.

Al llegar a mi casa, me quité la ropa, entré a la ducha. Mientras tomaba ese baño reparador, escuché un ruido. Cerré la ducha. Pregunté quién era, quién estaba allí, pero solo estaba el silencio. Volví a abrir la llave, pero de nuevo aquel ruido, hizo que cerrara el flujo de agua. Agucé el oído. Escuché algo que rasguñaba, como un perro o un gato. Creí que era producto del cansancio acumulado. Me senté en el diván que tengo para relajarme, serví un trago y puse un poco de música clásica. Esa es mi terapia para mantenerme saludable a mis cincuenta y tantos años.

Contemplé el amuleto con detalle. Como un coleccionista que cree tener por fin el objeto anhelado, con el que ha soñado durante toda su vida. Un sueño hecho realidad. Confronté el objeto en arcilla con otros similares en colecciones públicas y privadas de todo el mundo. Decía que era una réplica de un demonio, un amuleto usado por las tribus del Norte de África para la buena suerte, las cosechas y la fertilidad.

Era similar a un demonio que habían descubierto en Siria, a principios del siglo veinte. Decidí ponerlo en la vitrina junto con el resto. El sueño me vencía. Fui a dormir. Esa noche, pude sentir ruidos, gruñidos y el característico ruido de animal arañando las superficies. Bajé y encendí la luz. Todo estaba en su lugar. Al revisar la vitrina donde tengo las colecciones, pude ver lo que parecían ser garras de un animal de un tamaño pequeño, quizás como un gato no muy grande. De cualquier manera, apagué la luz y me dirigí a mi cuarto.

Cerca de las tres de la madrugada, el ruido volvió a despertarme. Entonces bajé de nuevo. Para mi gran sorpresa, el amuleto que había comprado no estaba allí. Pensé que habían entrado los ladrones. Así que tomé mi revólver y lo cargué. Resuelto a enfrentar a quienes hubieran osado interrumpir en mi casa, dije con entereza

«Quién está allí», pero no hubo respuesta.

Las tinieblas densas no permitían caminar sin tropezar. Estaba en el zaguán que daba al estudio, pero temí por mi vida, así que preferí esperar. Entonces, volvió a escucharse que rasgaban la madera, con algo agudo y cortante. No eran las uñas de un animal, eran las garras de una bestia del tamaño de un oso. Tragué saliva. No iba a permitir que las fantasías y los cuentos que me dijo el anciano ex sacerdote, me sugestionaran al punto de no dejarme descansar en mi propia casa.

«No sé quién demonios eres, pero lárgate de mi casa», dije. «Tampoco es un favor, sino que es una orden; en caso contrario, tendré que descargarte mi arma. Es mi última advertencia»

Fue cuando mi sangre se heló al escuchar un gruñido y una carcajada salida de las entrañas de la misma tierra. Ante mis ojos, en la oscuridad densa, cruzó algo que no puedo decir qué era exactamente. Tenía el tamaño de una rata, se movía rápido entre las sombras. Entonces tomé la decisión que creía, era la más sensata. Disparé. Lo hice varias veces en dirección a aquella cosa. Cuando encienda la luz, pensé, me encontraré con el espectáculo grotesco de un animal, una rata, quizá un gato callejero que se entrometió a buscar comida en mi casa, muerto, lleno de agujeros de bala, manando sangre que tendría que limpiar hasta el amanecer para luego, en la mañana, tener que lanzar la bolsa con el cadáver de aquella criatura asquerosa, a la basura. Siempre he detestado las mascotas. Me repugnan. Entonces caminé un par de pasos y la criatura volvió a moverse en dirección al estudio. Juro que tenía el mismo tamaño del amuleto que había comprado en el mercado esa tarde. Pero si dijera eso seguro sería tildado como loco y terminaría en el pabellón siquiátrico, con sendas dosis de calmantes y atado a una silla. Encendí la luz. Abrí la vitrina para verificar que estuviera allí el preciado amuleto, pero para mi sorpresa, el lugar donde lo había puesto estaba vacío. No había nada allí. Sentí que ascendía por mi estómago una sustancia helada. Era el pavor.

## Posesión demoníaca en un convento

Soy el padre Emilio García. Pertenezco a la diócesis de la Ciudad de México. En mi calidad de exorcista, he tenido que experimentar diferentes tipos de casos. El proceso para llevar a cabo un exorcismo, es largo y tedioso. En primer lugar, es preciso hacer una evaluación previa del caso. A partir de eso, se determina si del caso se ocupan los psiquiatras y la ciencia médica, o si no, tras el descarte y las reuniones con expertos exorcistas, se solicita a Su Santidad, en Roma, que autorice la realización del ritual de liberación. En ocasiones han pasado varios meses para poder llevarlo a cabo.

El caso que cuento a continuación, sucedió en el mismo centro de la Ciudad de México. En una de las ciudades más grandes del mundo, el demonio está acechando desde cada rincón, en medio de la noche, e incluso, a plena luz del día. Donde menos se lo espera, asoma su perfil y toma posesión de cualquier objeto, lugar, animal o persona. Con el favor de Dios, podemos llegar a vencerle, aplastar la cabeza del dragón, liberando del sufrimiento a la víctima que ha elegido el enemigo para someterlo.

Recibí una llamada del convento de las clarisas. La madre superiora me pidió que por favor fuera para hacerme una consulta en privado. Le pregunté para qué quería que hiciera presencia, pues estoy casi siempre bastante ocupado. Ella insistió. Era un asunto que tenía que ver de primera mano. Con cierta desazón, acepté ir para hablar con la superiora del convento. Nunca creí lo que estaba por encontrarme.

«Gracias por venir, padre García», me saludó la madre superiora.

Pregunté por qué no me había dicho de qué se trataba la entrevista para saber puntualmente qué requería. Me dijo que la acompañara. Avanzamos por los largos pasillos en los que resonaban nuestros pasos. Hasta un susurro podía escucharse. Las escaleras y los salones de la construcción de los tiempos de la Colonia, ofrecían una atmósfera enrarecida al convento; además, podía percibir una presencia de origen maligno, que acechaba tras los muros y parecía espiarnos a medida que caminábamos por el convento.

Luego de cruzar un largo zaguán empedrado, llamó a una puerta y se abrió una rejilla. Ordenó que abrieran. La pesada puerta de madera se abrió, crujiendo. Entramos a un refectorio que parecía detenido en el siglo dieciséis.

«Sígame por aquí, padre», me dijo una hermana que caminaba a su vez tras la superiora.

Ingresamos a uno de los habitáculos estrechos a cal y canto de cualquier tipo de interferencia del exterior. En el camastro, custodiada por un crucifijo de madera rústica, estaba una monja joven.

«Novicia Margarita, ha llegado el padre García», anunció la superiora.

La monja me miró de reojo, con desinterés. Refunfuñó de mala gana. Dijo un par de insultos, malas palabras en latín.

«En el nombre de Nuestro Señor Jesucristo», dije. «Te reprendo».

Supe de qué se trataba el caso. Entonces pregunté a la superiora cuál había sido el origen.

«No lo sé. Desde que llegó la novicia Margarita, se mostró inquieta. No se mostraba especialmente interesada por los oficios litúrgicos, ni por el rezo cotidiano. En las noches se escuchaban gruñidos, golpes y gritos que provenían de su habitación. Vine varias veces para hacer oraciones con las hermanas, pero la violencia y los insultos siguieron escalando. Esa es la razón por la que hemos tenido que llamarlo a usted, padre», me dijo la madre superiora.

«Voy a hacer lo que pueda», respondí. «Necesito saber los antecedentes, para de esa manera conocer qué debo hacer, contra qué entidad o legión me estoy enfrentando»

La superiora se mostró desconcertada.

«Tengo que revisar los archivos para saber si hay contactos. Fue traída hasta aquí por un familiar, tengo entendido que es una tía», comentó la superiora.

Fuimos a su despacho. Buscó entre los documentos y encontramos una dirección. Era en el barrio de Tepito, uno de los más peligrosos de la Ciudad de México. Así decidí ir a indagar, para saber qué pasaba. Fui en compañía de un diácono auxiliar de la diócesis.

Cuando estuvimos frente a la puerta, la mujer que nos abrió cerró la puerta, pero alcancé a decir: «Venimos en nombre de Dios: no nos cierre la puerta, por favor». La mujer abrió. Me miró mal, como si fuera una enemiga de toda la vida. Preguntó qué era lo que estaba buscando. «Por aquí no nos gustan los curas», replicó.

Le dije que venía del convento, por la novicia Margarita. Me habían dado esa dirección. Era necesario saber qué pasó con ella. Nos hizo seguir.

«Le voy a decir qué pasa. Espero que no vuelva por aquí. Ella es una joven rebelde. Hace cinco años, cuando cumplió los diecisiete, se fue de la casa; mi hermana murió hace seis años y ella quedó huérfana. Estuvo un tiempo viviendo por ahí, en lugares de mala muerte y malviviendo con delincuentes... quién sabe qué clase de tipos.

Gente mala. Uno de ellos la dejó embarazada y yo, que estoy a cargo de ella porque soy su única tía, pues le dije que ni modos, que tenía que deshacerse de ese muchachito. Así que pagué porque lo arreglaran. Luego de eso, ella empezó a mostrar comportamientos extraños. Yo nunca he creído en lo que ustedes hacen, entonces una vecina me dijo que la Iglesia podía ayudarme. Nunca le creí. Me dio el teléfono del convento. Hablé con la madre superiora para preguntar si podía recibirla. Ella me dijo que Margarita tenía que estar de acuerdo; de lo contrario no la aceptaba. Le dije que no podía hacerme cargo de ella, que su única opción para no irse a vivir a la calle, era irse de monja. Así que la llevé. No sé qué otra cosa le puedo decir», respondió la mujer.

Le agradecí. Pedí si por favor me dejaba ver su cuarto. Preguntó que por qué. Le dije que solo quería verlo. Así que, a regañadientes, aceptó. Revisé su cuarto y encontré un par de elementos que indicaban un asedio demoniaco previo. Camisetas negras de bandas de rock, velas negras, pentagramas y ropa oscura. Era posible que estuviera participando en rituales de satanismo. La mujer nos dijo que nos fuéramos, que era suficiente todo ese interrogatorio.

«No quiero más problemas por esa muchacha», dijo y cerró la puerta.

Al retornar al convento, encontramos que la madre superiora estaba en la habitación. Margarita había tenido un episodio de violencia. Las entidades demoniacas estaban atacando. Las hermanas que intentaban sostenerla por los brazos y las piernas, eran lanzadas contra las paredes.

«Padre, gracias a Dios que llega», dijo la superiora. «Aquí no hay hombres, pero por fortuna está ahora usted y la presencia de Cristo».

Pensé que era mejor no perder tiempo. Le pedí al diácono que se preparara para llevar a cabo el ritual. Bendije los ornamentos y tomé el crucifijo, las hostias consagradas y el agua bendita. Invoqué a Dios.

«Por la sangre de Cristo, te ordeno que dejes en paz a la hermana Margarita. Ella ha tomado el camino de la luz y tú estás condenado al de la oscuridad. No podrás arrebatarle esta alma a Cristo», ordené. «Por la sagrada espada de fuego del Arcángel San

Miguel, te ordeno ahora, te reprendo, en el nombre del padre del hijo y del espíritu santo», entonces lancé agua bendita y al entrar en contacto con la piel de la monja, se evaporó, como si estuviera ardiendo en fuego.

«Maldito gusano. Eres un pobre peón. Lárgate de aquí. Yo soy quien tiene el poder; este cuerpo es mío y lo usaré hasta que consiga derrotarte», habló la monja con voz gutural.

El ritual de liberación puede tomar varias horas, días, semanas o incluso meses. Hay varios casos documentados en el exorcismo, de personas que estuvieron años enteros posesas, hasta, finalmente, ser vencidas por las fuerzas del maligno. Pero con fe y entereza en el poder de Cristo, podemos intentar ganar esa alma para la luz de Dios y quitársela a las potestades infernales. Así que le dije a la madre superiora, que haría todo lo posible por que la hermana Margarita, pudiera ser liberada.

«Le pido que hagan un rosario colectivo entre todas las hermanas», solicité a la superiora. «De esa manera, podremos contrarrestar la fuerza del maligno y su poder. Al parecer es una entidad poderosa. Lo que necesito saber ahora es cómo se llama, que se identifique. Sabiendo eso, entonces podré saber si puedo enfrentarme solo o tengo que pedir ayuda a otro exorcista. Las entidades demoniacas son impredecibles muchas veces; tienen gran inteligencia y son capaces de engañarnos»

La superiora hizo un rosario con todas las hermanas, mientras combatíamos con la entidad.

«Dime, ¿cuál es tu nombre? ¿Cómo te llamas?», pregunté.

Una risa burlona, diabólica, se escuchó y resonó por los pasillos del convento.

«Para qué quieres saberlo. Yo soy Legión. Y puedo destruirte tan fácilmente como he acabado con todos los siervos anteriores a ti y a diez generaciones tuyas», dijo la entidad a través de la joven monja. «Soy Pazuzu. Soy el dios del viento, las plagas y la fiebre», dijo la voz, mientras una fuerte ráfaga de viento, agitó las velas apagándolas y tirando las pesadas puertas de la habitación.

Estábamos a oscuras con el demonio que estaba poseyendo a la hermana Margarita. Tomé el libro del ritual romano de exorcismos con una mano y la hostia consagrada con la otra.

«Yo soy la verdad y la vida, dijo Jesús, y nadie va al padre sino a través de mí. En nombre Dios, padre, Jesucristo, hijo y el Espíritu Santo, yo te conjuro y te ordeno ahora mismo que salgas de este cuerpo y vuelvas al calabozo infernal. Vade retro satán», al pronunciar estas palabras, puse la hostia sobre la frente de la hermana.

Se escuchó un quejido desgarrado. Luego las luces de las velas que se apagaron, se encendieron de repente. Una carcajada retumbó y una voz gutural, dijo «Volveré por ti».

«Hermana, ¿está usted bien?», pregunté.

«¿Dónde estoy?, padre», respondió. «Tuve un sueño. Estaba cabalgando un cabro negro que volaba por los cielos y lanzaba fuego por la boca. Sus ojos eran rojos intensos como las ascuas del carbón».

## Me transformé en un nahual

Durante las fiestas anuales de un pueblito cercano a Puebla, conocí a un anciano que tenía un puesto de artesanías. Estaba buscando objetos extraños, con historia, de los que pudiera hablar a mis estudiantes. Mi nombre es Abel Sánchez. Soy profesor de historia en la UNAM. Desde hace muchos años estoy recopilando historias y relatos de seres sobrenaturales, espíritus, brujas y fantasmas. Desde luego que no creo en ellos, pero me parece que hacen parte de la cultura popular. El anciano, que se identificó como Israel, me contó que ese pueblito era un nido de nahuales. Me interesé tanto que me quedé la tarde entera con él, tomando algunos mezcales y, por supuesto, le compré unas artesanías que me gustaron mucho. Tenía casi ochenta y cinco años. Había vivido muchas cosas, me refirió.

"Le puedo contar historias desde la época de los tlatoanis, pasando por la Nueva España hasta llegar a Itúrbide, Juárez, Zapata y la

Revolución. Si yo tuviera el saber que tiene usted, profesor Sánchez, escribiría un libro diario. Pero mi oficio es el de un modesto artesano que trabaja con sus manos para el pan. Como le decía, este pueblito tiene fama en México entero, por sus nahuales. Hay brujos que se han convertido en pajaritos y hasta en bueyes. Realmente no es necesario ser un hombre musculoso y grandote. Simplemente todo depende de lo que el brujo sepa de su oficio. Las gentes de las ciudades grandes no creen en estos cuentos. Puede sonar ridículo, pero, como dijo Santo Tomás, hasta no ver no creer, o sobre los nahuales, son como las brujas, que dicen que no existen, pero que las hay las hay", dijo Israel.

Estaba fascinado por la forma en que el anciano contaba las historias. Así que le dije que vendría todos los días hasta que me fuera del pueblo. Tomé algunas notas sobre el diálogo de esa tarde. Me quedé hasta bien tarde en el hotel, escribiendo un texto alrededor del tema.

La mañana siguiente amaneció lluviosa y gris. Fui al lugar donde estaba Israel, pero no lo encontré. Pregunté a los demás artesanos y me dijeron que no tenían idea qué había podido pasar con él, porque era un hombre muy puntual y estricto con todo lo que tenía que ver con su trabajo. Así que esperé en un café cercano a que apareciera, pero nunca lo hizo. Me fui al hotel a descansar. De pronto, llamaron de la recepción. Alguien me necesitaba. Bajé al lobby. Allí estaba don Israel. Me dijo que necesitaba hablar conmigo de manera urgente. Fuimos a un restaurante cercano a comer.

"Profesor Sánchez, usted me contó que estaba interesado en conocer sobre la leyenda de los nahuales. Pues bien, le tengo una propuesta: conozco a un brujo ancestral que es un gran chamán. Él le puede contar todo lo que quiera sobre los nahuales. Incluso, podía darle una de las pócimas que hace. Eso creo que le podría ayudar mucho en sus investigaciones para la universidad", comentó Israel.

"Me da mucho gusto escuchar lo que me dice, Israel", le agradecí. "Estoy listo a emprender el viaje mañana mismo o a hacer lo que usted me diga"

Israel se excusó, pues no podía viajar, pero me daría todas las informaciones necesarias para encontrar a aquel hombre, en un pueblo cercano a San Felipe, Guanajuato. De cualquier manera, le di las gracias por ayudarme en mis investigaciones. Preparé el viaje, para luego retornar a mi trabajo en la Ciudad de México.

Durante el viaje seguía tomando notas para poder establecer mejor la entrevista. Quería saber todo acerca de este mito que se remonta a los relatos prehispánicos. En el pueblo, empecé a buscar al brujo, de acuerdo a las indicaciones que me dio Israel. La mayoría de las personas a las que les preguntaba, no hacían muy buena cara. Contestaban mal o simplemente me decían que no sabían nada. Me sentía frustrado. Pensé que había caído en una trampa o una broma estúpida del viejo artesano Israel. ¿Para qué me había hecho semejante broma? Me desentendí de aquello. Decidí organizar de nuevo mi viaje de retorno a Ciudad de México para continuar con mi trabajo. Alguien me abordó en el lugar donde me senté a tomar una cerveza.

"Usted debe ser el profesor Abel Sánchez", me abordó una mujer.

Sorprendido le dije que, en efecto, era yo. ¿Cómo sabía quién era yo?

"Me lo dijo Israel, el artesano de Puebla. Soy Magdalena, una vieja vecina del pueblo", respondió la mujer. "Además esto no es que sea tan grande para saber quiénes son nuevos y quiénes no. Pueblo chico infierno grande, dicen por ahí las malas lenguas, profesor. Israel me encargó que lo acompañara hasta llegar al brujo, al chamán, con el que usted quiere entrevistarse sobre los nahuales, ¿estoy en lo cierto?".

Para llegar a ver al chamán, tenía que recorrer un camino de cerca de una hora más. Pero debía hacerse a lomo de mula, pues por ese antiguo camino que abrieron los españoles no podían transitar ni siquiera bicicletas. Estaba tan entusiasmado, que no me preocupé por eso. Le dije que no tenía problema en caminar lo que fuera necesario. En la mesa del frente, un grupo de unos seis hombres, me miraban con cara de pocos amigos, mientras jugaban a las cartas. Los invité a unas cervezas. Agradecieron con cierto recelo. Entonces le dije a Magdalena que estaba listo para partir, porque tenía que volver ese mismo día al D.F.

El camino era verdaderamente tortuoso. A medida que lo recorría, parecía que se alargaba más, que la hora de camino se convertía en dos o tres. Finalmente, luego una larga odisea, me vi frente a frente con el chamán. Era un hombre anciano, pero mantenía gran vitalidad. No me dijo su nombre. Decía que borraba sus huellas a medida que las dejaba, por lo que nadie podía dar con él.

"Usted está aquí porque Israel es de mi entera confianza", dijo. "¿Qué quiere saber sobre los nahuales? Sé que no cree, pero eso no les importa a ellos, porque existen y esa es la verdad".

El chamán me mostró la pócima. Me dijo que era una receta milenaria que solo conocían los chamanes como él y los antiguos sacerdotes chichimecas. Le pregunté que tenía que hacer para que me dejara probar la pócima. El chamán me miró y se rio.

"Hay que tener confianza, en primer lugar. Si usted cree, pasará; de lo contrario no", afirmó el chamán.

Me pareció ofensivo ofrecerle dinero por la pócima. Así que le ofrecí otro trato.

"Le enviaré un ejemplar de mi libro con Israel, firmado y con dedicatoria", le prometí.

El chamán se quedó en silencio. Luego me dijo que lo siguiera. Atravesamos un largo zaguán que daba a una explanada. Me pidió que me sentara. Así lo hice. Me pidió que cerrara los ojos y pensara en un animal. Imaginé un gato salvaje. Siempre me han parecido seres fascinantes.

Enseguida dijo unas palabras extrañas, en lo que parecía ser náhuatl o una lengua similar. Luego me indicó:

"Debes dejar que empiece a fluir por tu cuerpo la esencia del poder del animal. Tienes que visualizarte como él, pensar como él, moverte como él. Poco a poco dejarás de ser quien eres y empezarás a sentir que tienes parte de tu naturaleza con ese animal que quieres. La materia la puedes tomar del universo cuando quieras. La opción de ser hombre es tuya o la de ser otro animal, también. Si quieres serlo, puedes tomar su forma en el momento en que quieras. No tengas miedo. Tanto el animal puede convertirse en ti como tú en el animal que elijas, porque cada uno y los dos a la vez, se han elegido mutuamente para convertirse en lo que son."

Empecé a visualizar el entorno natural en que se movía un gato salvaje. Montañas, senderos, me vi cazando pequeños animales como musarañas y ratones y ratas de monte. Estaba en lo alto de las copas de los árboles resguardándome de ataques de otros animales y esperando que llegaran las presas para poder alimentarme. Tenía una madriguera en las montañas donde podía guarecerme cuando caía la lluvia o el sol era demasiado y necesitaba refrigerarme un poco del intenso clima. Me identificaba con el tipo de ser humano que era yo, es decir, un profesor universitario, intelectual, bohemio y libre.

Luego el chamán, acercó a mis labios un líquido amargo, que parecía tener una consistencia terrosa y me costó trabajo tragar. Casi lo vomito. Me dijo que cerrara los ojos y me concentrara en el animal. Lo volví a visualizar. Ahora podía ver con los ojos del animal, recorriendo los caminos que recorría en libertad. Sentí los olores que sentía, degustaba la comía que el devoraba, con la sangre de los animales que se retorcían para intentar liberarse de mis fauces cuando los apretaba para quitarles la vida que yo necesitaba para seguir viviendo porque esa es la ley de la naturaleza.

Yo hice un recorrido en la piel del gato salvaje a través de los campos y senderos. Veía cómo otros animales lo asediaban, incluso lo atacaban. Huía, se escondía entre las piedras, las ramas de los árboles. Tomando agua en lagos y arroyos para calmar la sed en tiempos de sequía. Finalmente, el gato salvaje llegaba a una montaña alta. Escaló con esfuerzo hasta llegar a la cima de ella. Adivinó un rancho, con una gran explanada.

El gato llegó y me pude ver a través de sus ojos. Se acercó a mí y lentamente, entró en mi espíritu. Pude sentir exactamente el momento en que nos integramos. Teníamos el mismo espíritu y compartíamos la esencia del ser. Abrí mis ojos y miré mis manos, pero eran las poderosas garras del gato salvaje. Intenté hablar, pero lo único que salió de mi boca fue un gruñido, un sonido salvaje de una fiera, pero no una voz humana. Era como si fuera un estado de mi ser. Corrí por las praderas, los montes y dormí en lo alto de la copa de un árbol. Me sentía libre y tenía terror por volver a sentirme humano.

**ÍNDICE**

La reliquia china embrujada       4

| | |
|---|---|
| La historia de la monja fantasma | 15 |
| Duendes en el rancho | 25 |
| Aterrador encuentro de un militar con un nahual | 35 |
| Aparición en el metro | 45 |
| El fantasma del hombre sin cabeza | 55 |
| La historia del fantasma del capo | 65 |
| Exorcismo en Chapultepec | 75 |
| El chupacabras | 85 |
| Un fantasma en el trabajo | 95 |
| Cita de ultratumba | 105 |
| Poltergeist atormentan un hogar | 114 |
| Encuentro con una bruja | 124 |
| Pánico en la torre de control | 134 |
| El cuchillo del carnicero | 144 |
| Entidad demoniaca liberada por una ouija | 154 |
| El laboratorio de tanatología | 164 |
| La motocicleta embrujada | 174 |
| El cura sin cabeza | 184 |

El niño fantasma                           193

El espíritu del anciano                    203

El amuleto maldito                         212

Posesión demoníaca en un convento   222

Me transformé en un nahual            232

Gracias por leer este libro. Si te ha gustado, compártelo en redes, regálalo o deja un comentario, por favor.

www.ingramcontent.com/pod-product-compliance
Lightning Source LLC
Chambersburg PA
CBHW052346220526
45465CB00003BA/979